U0518287

善書坊

Huai
Yuren

**弋舟**

著

陕西师范大学出版总社

图书代号：WX22N1885

**图书在版编目（CIP）数据**

怀雨人／弋舟著.—西安：陕西师范大学出版总社
有限公司，2023.1

　　ISBN 978-7-5695-3346-0

　　Ⅰ.①怀…　Ⅱ.①弋…　Ⅲ.①中篇小说—小说集—
中国—当代　Ⅳ.①I247.5

中国版本图书馆CIP数据核字（2022）第236266号

# 怀 雨 人
HUAI YUREN

弋 舟 著

| | |
|---|---|
| 出版统筹 | 刘东风　郭永新 |
| 责任编辑 | 张　佩 |
| 责任校对 | 宋媛媛 |
| 装帧设计 | 主语设计 |
| 封面绘图 | 王　犁 |
| 插图绘图 | 王　晓 |
| 出版发行 | 陕西师范大学出版总社 |
| | （西安市长安南路199号　邮编710062） |
| 网　　址 | http://www.snupg.com |
| 印　　刷 | 中煤地西安地图制印有限公司 |
| 开　　本 | 787 mm×1092 mm　1/32 |
| 印　　张 | 5.125 |
| 插　　页 | 4 |
| 字　　数 | 80千 |
| 版　　次 | 2023年1月第1版 |
| 印　　次 | 2023年1月第1次印刷 |
| 书　　号 | ISBN 978-7-5695-3346-0 |
| 定　　价 | 39.80元 |

读者购书、书店添货或发现印刷装订问题，请与本公司营销部联系、调换。

电话：（029）85307864　85303629　传真：（029）85303879

献给飞鸟与鱼

# 目　录

怀雨人

大学的校门有个讲究——无论周边景致如何日新月异，门脸却是越老越好。道理很简单：摆出一张斑驳垂暮、旧照一般的老脸，就有了德高望重的架势。西大的校门也概莫能外。因此，每当我面对西大校门的那张老脸时，不免就会陷入所谓的"回忆"。这也是没办法的事情，就好像口水与骨头、旧照与回忆也是一对儿天然的矛盾，这是本能，是条件反射。最早提出经典性条件反射的巴甫洛夫观察到，较老的狗一看到骨头就淌口水，不必尝到食物的刺激，单是视觉就可以使其产生分泌口水的反应。就是说，老狗们对于刺激的反射已经不简单依赖本能了，上升到了一个更加形而上的层面。在这个意义上，面对西大的老脸追忆往事的我，就是一条无力自控的老狗。不知道老狗们会是一种怎样的心情——除了瞄一眼骨头就会悲惨地口水四溢外，是不是还会像人一样，变得耽于幻想？人比较老了，就比较容易浮想联翩吧？当然，这种浮想一定不是那种积极的态势，多少接近于一种痴呆的表现，是身不由己和无能为力。

如今每当我穿过西大的校门，便会虚弱地浮想。

浮想中，潘侯二十年后走进西大校门的时候，这个城市正被春天惯有的黄沙笼罩着。他和我擦肩而过。我没有注意到这就是我那失散多年的兄弟——有两个学生远远地向我打招呼，我迎着他们而去。我和我的学生站在一起说话，他们中的一个突然指着我身后说：

"那个人不会是瞎子吧，他已经两次撞在树上了。"

我的心必然会在一瞬间缩紧，也许只回过头扫了一眼，就泪水盈眶了：那个身高接近两米的壮硕男人正小心地避让着一棵梧桐树。他的腿实在是太长了，即使犹疑着，也是一步就跨到了另一棵树的面前，像是有意要用肩膀去和树干角力，于是咚的一声，他再一次被撞得向后趔趄……

我和潘侯的交往，仔细算一下，不过区区一年多的时间。但直到今天，我仍觉得那段日子长于百年。关于那段日子，那段就像麦当娜在歌中唱到的"感觉自己像个超级骗子，他们说我像个伞兵"的日子，在这里，我只想说说非说不可的。

大三那年，我被系主任叫到办公室去。他指着一位个头奇高、方头大脸的男孩子对我说：

"这是哲学系今年的新生，安排在你们宿舍，你多照顾照顾他。"

我很不理解。首先，不是同一年级的学生安排在同一个宿舍，这好像没有先例，何况我们还不是一个专业的。其次，我不明白为什么要我"照顾照顾"这个比我高出大半个头的同学。后一个问题系主任似乎给出了答案，他说：

"你是学生会主席嘛。"

我不认为这是一个令人信服的理由。

这时那位新生突然问我："你从哪里来？"

我吃了一惊，甚至要以为是他背后藏着的一个什么人在发问，就像舞台上表演的双簧，而他不过是个做着口型的傀儡。这个提问的语气是儿童化的，但声音却分明是一个青年人的。我不知如何作答，因为我一下子搞不清楚他所指的"哪里"究竟是哪里。

"他是问你老家在什么地方。"一位精干的中年男人不动声色地向我解释。

我想他一定是这位新生的家长了。我对他说我是西安人。那位新生立刻滔滔不绝地说道：

"西安啊，大唐帝国建都的地方，唐高祖李渊公元618年开国，公元627年太宗李世民，公元650年高宗李治……公元684年中宗李显又名哲……"

眼前的这位同学两眼瞪得溜圆，垂肩而立，双手背在身后，歪着脑袋对我细数了唐朝近三百年的历代帝王。

我有些恼火，认为这个家伙是在拿我开玩笑。初次见面就这么肆无忌惮地恶作剧，真是让人不可思议。但这种念头很快就打消了。他的表情颇为恳切，丝毫没有捉弄人的戏谑。

这就是我和潘侯第一次见面时的情形。他这个哲学系的给我摆出了一副历史系的架势。那一连串的李姓帝王和以公元纪年的数字，有种蛊惑人心的力量，似乎可以对人进行催眠，像水一样把我托起来，使我进入一种浮游的状态中去。

系主任把我叫到另一间办公室，给我作了进一步的解释。他告诉了需要我"照顾"的这个人的名字，然后皱着眉头，用一根手指顶住太阳穴说：

"他这里有些问题。"

我也用手指顶住太阳穴，问道："这里有问题也可以读哲学吗？"

我的言下之意其实是：这里有问题那他读中文好了，因为我自己就是个读中文的。

"其实也不是什么大问题，"看到我模仿他，系主任有点不高兴，"不是我们认为的一般意义上的那种问题——他的成绩相当不错，甚至比你入学时的成绩还要好！"

系主任有些颠三倒四。他拿我来和这个新生作出让我处于劣势的比较，不仅多此一举，还令我很不满。我顶撞道：

"那应该让他来'照顾'我嘛。"

"真麻烦！"系主任显得有点吃惊，嘴里嘀咕了一声，亮出一张底牌，"实话对你说吧，潘侯的父亲是省上的重要领导，安排好潘侯是组织任务，我们必须配合！"

说出这样的话，系主任和我一样，都有片刻的错愕，仿佛不知所云地说了段浑话。

我接受了"组织任务"，重新站在潘侯的面前。这位

"公子"的身份令我反感——我们家三代普通工人，我父亲穷其一生，见过的最高领导人大概就是他们厂长。我自然会有些抵触这个高大、古怪的家伙。那位精干的中年男人其实是潘侯父亲的秘书，姓王。说他精干，完全是那颗秃顶给人带来的观感。他留给我一个电话号码，说有事可以和他联系。潘侯显得很兴奋，王秘书要替他拿行李，被他用胳膊肘挡出好几步去。他自己像拎一捆稻草一样地拎起那捆大大的被褥包裹，迈开步子兴冲冲地就走。

这时候我才真正察觉出他的与众不同：此人健步如飞，却不是向着门，而是迎着一面墙直奔过去。他那硕大的肉身踊跃地与一面墙撞击在一起，我感到整个房间都为之一颤。他却若无其事，向后踉跄几步，拧一下脖子，活动一下肩膀，掉头又情绪饱满地迈开了步子，倒霉的是，不过是将目标换成了另一面墙。

好像是看到了一张通行证，我对这个人的敌意顷刻冰释。我试探着拽住了他的袖子，把他的方向扯到门的位置。这条大汉对我粲然一笑。他长了好一张大脸啊，宽鼻厚唇，真真是面如满月。

我们走在去往宿舍的路上。开学伊始，校园里有股集市般的热闹。许多老生沿路摆起了旧货摊，仿佛迫不及待地要将自己变卖掉，以最快的速度和大学作别。这让潘侯很感兴趣，同时那遍地的旧货也对他形成了阻碍。我需要不时拽一把身边的潘侯，这个人的体积太大，凭空占据了过分的空间，横行霸道，就像是一个专门来踢摊子的。那捆被褥被他扛在了肩上，一路东张西望，走得跌跌绊绊。系主任和王秘书跟在我们身后，我无端地感到自己正行走在一个四列纵队那样可笑的行列里。

到了宿舍后，系主任亲自动手协助王秘书为潘侯收拾床铺。看着这样的两个人忙上忙下，实在是有些滑稽。我冷眼旁观了一阵，突发奇想，把系主任拉在一边悄悄问：

"那个怎么办？嗯？他怎么上厕所，也需要我来照顾吗？"

系主任看了我足有半分钟，掉头跟王秘书低语了几句，然后回身如释重负地对我说：

"不用，这点没问题，在家专门训练了的，多去几趟，认了门就没问题了。"

果然，铺完床王秘书就领着潘侯去认门了。

出于可以想见的好奇，我打问了潘侯的入学成绩，那的确是个令人咋舌的高分。更令人咋舌的是，这位上厕所都需要事先训练的哲学系新生，居然能将圆周率小数点后的一万多位数背出来。后来据说有位数学系的好事者找过潘侯验证，结果就传出了潘侯在十秒钟内运算出72的四次方这样的奇闻。我很同情这位好事者，想必当时他也一定如我一样眩晕。

我不禁要说服自己，我这是遇到了一个"雨人"。在那部达斯汀·霍夫曼主演的同名影片中，雨人被塑造成了一个具有特别意义的专用名词——特指那些具有某种非凡才能但日常生活不能自理的家伙，厉害点的就叫"白痴天才"。谁能想到呢，这样的人物竟会出现在我的大学生涯中。

除了心智蒙昧，欠缺方向感才是这位雨人最显著的问题。以后的一年多时间里，我的耳朵充斥着各种撞击的声音，纷乱骚动，甚至喧哗铿锵。而我们之间的关系，就是一个如何调整彼此"方向"的关系。

学校里每位老师都接受了"组织任务"，他们对潘侯爱护有加。上课时，任课老师负责引领潘侯向着座位而不是向着讲台而去；在食堂打饭，也有专人替潘侯安排整个程序，他所要做的，不过是亲自把粮食送进嘴里——将一片肉或者几块土豆举在眼皮下，好像对自己接下去将要做的事情感到没谱，如果不假思索，就难以顺利下咽一般。因此旁观潘侯进食也是件令人揪心的事，那个倒霉的"专人"只有暗自对着他的每一次吞咽作出无声的祈祷，提心吊胆，生怕他的筷子找不到规定的口径。潘侯对这样的待遇并不领情。此人总给人一种蠢蠢欲动的感觉，总是让人不太放心，觉得他始终在妄图自己决定一些事——结果当然总是挫折不断。照顾他的人强行干预他，他倒也很顺从，双手插在上衣口袋里，仿佛心无所属的样子，其实很明显，他更愿意自行其是。但他从不抵触，不过是一有机会就去撞墙。

　　只在一件事情上，潘侯表现出了他的执拗。学校不允许他上体育课，这个决定无疑很英明。显然，那块操场在这位雨人眼里不啻是一块没有路标的蛮荒之地。但潘侯我行我素，坚决不服从这个英明的决定。他以一个"公子"才有的专横跋扈，挣开一切阻拦，像一颗炮弹般地飞奔在操场上。兴许他那高度接近两米、重量超过一百公斤的沉重肉身需要宣泄掉撑得难受的精力。这一点，处在青春期尾巴上的我们感同身受，否则大学校园的操场不会被弄得像个斗兽场。但我认为，就凭我们那点儿躲在被窝里自渎的动力，根本难以激发出如此摧枯拉朽的狂奔。这具庞大的身躯被更加不可遏制的力量推拥着，仿佛是火箭发射一般地迎着某种召唤喷薄而去。奔跑的时候，潘侯的嘴里发出一种十万火急的气声：

火——火——火——

他就这样呼啸着，漫无目的地撞向操场边的各种障碍物。于是单杠双杠成为险隘，沙坑成为泥潭。

他的冲击力委实惊人，很快就发生了事故。有一次撞在主席台的水泥台面上，当场就昏死了过去。体育老师慌了手脚，派人把我从课堂喊了出来。大家都知道我是学生中唯一接受了"组织任务"的，似乎我便因此成为潘侯的监护者，是一个对他有着责任和义务的人。

我跑到操场边的现场，以一个中文系学生特有的谦卑挤进一堆哲学系的家伙之中。潘侯已经苏醒过来。他脸色煞白，嘴角挂着白沫，身体紧紧地蜷缩在地上，安静地等待着痛苦的离去。这副样子被我俯瞰，反而像一个随时准备起跑的姿势。我蹲下去，抓住他的一只手，那只手冰冷无力，在我掰开之前，一直把大拇指捏在拳头里。我们的手握在一起，像按下了一个开关，我看到潘侯的眼睛一下子涌出泪水来。我相当震惊，因为之前我的意识从未将这个人和泪水联系在一起，他太像一团蒙昧不清的化合物了，但组成元素中并没有情感之类的成分，没有两个氢气和一个氧气那类玩意，所以形成不了水。我很局促，只能喃喃地说：

"撞啦……没事了吧……兄弟你真该当心点儿……"

此人虚弱地眨着眼，表示同意我的说法。

时值仲秋，我偶一抬头，从我蹲着的那个角度望去，太阳有气无力地恰好担在两栋楼之间，仿佛架着双拐，那景致，不禁令人一阵怆然。

在一帮未来哲学家的围观下，我没有什么有效的招数来行使自己监护人的职责，只有一直蹲着握住这个人的手。我也得认认门，训练训练。但此番握手对于我也是个从未有过的体验。谁会长达半小时地握着一个人的手呢？当然恋人们不算。我们的手握在一起，我的手大约只有他的一半大。潘侯的体力在逐渐恢复，由此我的手也捕捉到了那种生命迹象一点一点聚拢、复苏的过程。

这件事发生后，我对潘侯有了异样的观感。我不知道该如何形容，只是觉得它几近温柔，就像遥望那枚如同患病的太阳，不免让人心生恻隐。

这时潘侯已经成为附近几所大学人所共知的人物。他的"有些问题"，他的家庭背景，他让人匪夷所思的特殊禀赋乃至他雄阔壮硕的派头，都足以令人关注。连外校的学生也跑来看他，大家是怀着一种观看珍禽异兽的心态来观赏雨人的。我无形中暗自认可了作为监护人的角色，对这样的状况自然颇感厌恶。

我打算帮帮潘侯。提纲挈领，我对他的帮助就始于解决他那不可遏止的奔跑欲。

一个周末，我们一同来到操场，那时秋高气爽，万里无云。潘侯没有什么异议地跟着我，他可能被格外叮嘱过，对于我这个帮助者应当予以配合。他只是有些好奇，把我借来的皮尺要到手卷来卷去。我们合作着测量了一下：二百米的跑道，让他用二百步跑完。我提醒他把注意力放在自己的左手上，以此为坐标，向左，再跑二百步，再向左，再跑二百步，周而复始，直到他觉得已经跑灭了胸中的火焰。

这套路数非常有效。能将圆周率小数点后的一万多位数背出来的潘侯，对数字惊人地敏感，训练了几次就完全掌握了要领。势如破竹，他在飒飒秋风中跑得不亦乐乎。起初我捡了根树枝，站在跑道的内圈吆喝着，但当他跑出状态后，便受到了感染，跟着他一起跑。由于规定了步子的频率，我们跑得并不算太快，但就像上足了发条，自有一股欲罢不能的激情和持久的耐力。像得了强迫症，我完全是靠着惯性跟着这个不知疲倦的狂人跑。直跑到夕阳低垂，双腿犹如加工出来的机械，摆动得极富规律。直跑出一张备受折磨的扭曲的脸，并打着马儿那样的响鼻。

然后，在某一个临界点，我确乎体验到了那种灵肉分离的曼妙。那不是一个累积叠加的结果，也无从期待酝酿，它来得令人猝不及防。我根本没有准备——那痛苦的走投无路的一步迈出后，会和前面所有的痛苦有什么不同。一条灼亮的弧线在脚下闪过，与之同步，是自由的翩然降临。我想说我体会到了自由。它不是我们想象的那样酣畅淋漓，它没有那么霸道、蛮横和粗鲁，而是宛如一个婴儿般的令人疼惜。

休止的一刻却令人惊愕。当我停下步子后，陡然便有着一种茫然四顾，才发现凭空孤立于云端的魂飞魄散。于是急遽地跌落无可避免：干呕，痉挛，失重，麻痹，倒在地上神经质地抽搐不已。往日熟悉的这块操场在我眼里倒成为一片苍凉无际的荒原，望之不禁令人气馁与心碎。

对我的表现潘侯不能理解，他在我身边转着圈。同样经历了这番狂奔，他的鼻息不过像一匹悠闲的马儿的轻嘶。当我生不如死的时候，他却胜似闲庭散步。我躺在地上，有气无力地战兢着，生怕遭到这匹大马的践踏。后来他一个回旋，蹲在了我的身边，将一颗大头探在我的眼皮前打量我。过了一会儿见我并无起色，就干脆和我肩并肩地躺在了一起，用一只手抚弄一只小狗似的拨拉着我的头。

两个晚练的女生从我们身边跑过，脚步声在我贴地的耳朵里空漠地响着，踢里踏拉，荡起一阵微小的尘埃。她们那种女性特有的摇摆步态，那种不自觉夹紧、相互摩擦着的大腿，被我仰望，真是有种毁灭性的愚蠢和绝望。

从此，操场这块旷野在潘侯眼里就有了地标和基准。每当体育课时，他便将左手举在眼前，响亮地呼喊着数字，迈着均衡的大步，像钟表上的指针一样精确、匀称地飞奔在操场的跑道上。向左！向左！将自己拽出肉体……

这样的景致理所当然地成为一道风景，永久地镌刻在了那一时期西大学子们的心里。

我对潘侯的照顾其实很有限。按照和校方的默契，我大概只应该对他在宿舍里的时间负责。

潘侯大多数时候是温顺的，除了一开口逻辑飘忽令人出其不意外，如果不要求他背圆周率，基本上与常人并无不同。但他也会突然地激动兴奋。

宿舍楼每晚11点钟准时拉闸熄灯。每到这个时刻，不用看表，潘侯的情绪都会准时地动荡起来。那时候，他通常正趴在自己的铺上，抱着一本黑壳的笔记本，在上面写写停停。黑暗将至的前一刻，他仿佛能嗅到异样的气息，突然停下手头的活儿，警觉地四下张望一番，然后嗵地从架子床上蹦下来，挥舞着手臂，像一个踢着正步操练的列兵，几步从宿舍的这一头跨到另一头，然后又折回来，嘴里嘀嘀咕咕，来回往复。于是房间里霎时乒乒乓乓地乱了套。

这当然成为其他人的痛苦。尽管大家都分别被做了工作，但还是有人故意把椅子、水瓶之类的东西摆在宿舍中间，给潘侯设置出路障。既然只能承受，那么就让肇事的家伙更艰难些吧——这就是他们的逻辑。水瓶踢碎了不要紧，学校马上会换来新的，以至于有需要的家伙都把他们的破设备送到了我们宿舍。如果能搞来绊马索，没准这帮家伙都会弄到我们宿舍里来使用一下。我能够理解大家的情绪，只好他们前脚摆上，自己后脚跟上去挪开，像一个排雷的工兵。

我的举动招来了不满，有列兵有工兵，我们的宿舍岂不就成了一个兵营？他们迁怒于我。毕竟，我不是一个需要照顾的人。于是就有了这样的流言，说我是想靠上潘家这棵大树，好在毕业后踏上仕途。那个年代，就像我们这帮大学生到了青春期的尾巴上一样，理想主义也已经进入了它的更年期。但在大学里被人作出这样的评价还是很令人难堪的。我被尖锐的流言所激怒，急于分诉和澄清。终于有一天当潘侯又准时地跳了下来时，我用一个中文系学生的腔调，带着表白性质地对他吟哦：

"安静！请你安静！这里难道是疯人院乎？"

天啊，潘侯一步就蹦到了我的面前，这一回他倒是目标明确。他歪着头看我，一言不发，足足有一分钟的时间。

我突然很紧张，感到这个家伙会攻击我。当时我正半躺在床上，身体有种要蜷起来的愿望，基本上不敢正视他那张嘴唇挛缩着的大脸。我不是一个懦弱的人，本来也酝酿已久，但我的勇气是建立在理性之上的。如今我面对的是这样的一个人物，所有的理性都有可能变得勉强乃至无效，于是勇气便不复存在。

我色厉内荏地吞咽着唾沫。几个室友关注地伸直了脖子，作出一旦发生意外便一哄而上的架势。潘侯却作出了相反的举动。他摆一下脑袋，像一头不屑于朽尸的熊，笨拙地爬回了自己的床铺，留下我和几个室友面面相觑。符合规定的黑暗适时而降。叭的一声，像某个有权势的家伙打了一个响指——那是大面积断电发出的声音，一块黑布兜头便蒙住了我们。不管怎么说，我毫发无损，但淹没在这种被管制的时间里，我一下子居然有种啜泣的冲动。

此后潘侯竟然终止了这种黑暗前的亢奋。我认为这是我教会他在操场上狂奔换来的善果。这个雨人对我有了感激之情，以至于甘愿委屈自己。他不再跳到地下，却躲在铺上瑟瑟发抖，喉咙深处发出诡谲的喘息。那喘息经过努力压抑后，蠕动着，像窨井下涌动的暗流，宛如紧随其后必将到来的黑暗的前奏。我知道，他已经尽力了，这是他所能做到的极致。尽管我不免为此自责——这个人不过是干扰了我们，而我对他却造成了煎熬——但还是觉得这种喘息听得多了会导致大家患上肺癌，至少会让人喉咙发痒，以至不咳嗽几声简直就觉得过不去。

楼道和厕所是不熄灯的，后来有一次我起夜，就在厕所里看到了蹲在里面的潘侯。他经过训练，对这块宝贵的光明之地熟门熟路。那时他靠在一排锈迹斑斑的暖气片上，抱着那本黑壳的笔记本，顶着一头氨气，正在奋笔疾书。他真是专注，根本没有发现我，这让我得以悄悄对他端详良久。基于潘侯的专业，憋着一泡尿的我首先将他盘踞在厕所里的这一幕和打磨镜片的那位斯宾诺莎联系在了一起。在我眼里，这本黑壳笔记本之于哲学系新生潘侯，就像镜片之于先哲斯宾诺莎一样，是他们不为人知的专业表达；同时，也成为此人每逢熄灯之时便要发作的诱因——他预感到自己的工作将被蛮横地中断，于是便不可遏制地愤怒。

这个神秘的本子里究竟有何玄机呢？好在它最终落到

向前一小步
文明一大步

了我的手里；黑壳上压印着"为人民服务"的字样，这几个字的存在更多要仰仗手指的触摸；里面记录着的，不过是每天出现在潘侯视野里的人，而且以陌生人居多。它不能被称为日记，说是流水账都很勉强。因为在我们看来，那些或许连生命中的过客都算不上的人，实在乏善可陈。潘侯持之以恒记录下的，不过是这样的一些文字：早餐，二班的瘦女生，吃了十分钟，心情好；第一节课，徐教授，眼睛红，疲惫；穿着运动服的男同学，看天，天上有云。如此等等，言简意赅，却比书本上的冗长脚注都要乏味。但是，当我一页一页逐字逐行地读下去，却不禁为之着迷。

悲观些说，潘侯记录下的，是一些人在尘世走过这么一遭的佐证。有幸进入这本黑壳笔记本的那些人，如果在咽气之前能够读到这些文字，没准会唏嘘不已。他们会因此记得，在生命中的某一天，自己心情不错地吃了十分钟的早餐；某一天，自己眼睛红肿着疲惫地登上了讲台；某一天，自己百无聊赖地举头望天，而天上浮云片片。由此前后推演，便是一段相互关联的岁月。于是，他们在终结之时所成为的那一个自己，就不再是凭空成为的了，他们那时所走向的归途，就有了这样一个确凿的来路。我们走得仓惶，每一天的每一刻，何曾巴望会被这样铭记下来？但是潘侯做这样的工作，有意义吗？是谁赋予了他这样的权柄，来为大家数算每一个日子？谁知道呢。也许，这依然是他的哲学方式，借此他暗自与这个世界达成谅解，来感觉自己并非完全与之无关。

当然，我在这本黑壳笔记本里也看到了自己的名字。我是以这样的面貌第一次出现在上面的：

某日，李林，唐朝人，忧郁。

潘侯把我这个忧郁的唐朝人当作了他的兄弟。这个两人没什么交际的能力，但显然内心对这方面的需求还很火热，于是顺理成章将我这个"组织上"安排给他的人视为了伙伴。他开始在大庭广众下突袭式地对我表现出不恰当的亲昵。随便列举一下：譬如在食堂吃饭，他看到我的嘴边有米粒，就径直过来用他的大手小心翼翼地摘掉。当我的嘴唇被那只大手碰触的一刻，有种从未经历过的战栗令人痛苦地从小腹一直奔涌到唇角，周身居然有股纯粹发自生理的反应。有时候他挤坐在我的身边，手放在我的大腿上，我需要提醒他一下，他才能意识到原来落掌之处并不是他自己的大腿。我很窘迫，身体绷得硬邦邦的。尽管我的心一再被潘侯柔化，但是我没法让自己挺直身子去面对参差的目光。我所谓的方向，不如说是风向。我真是有点儿发愁，怕潘侯会弄出些什么更来劲的。

离我们学校不远，有一座废弃了的天主教堂，据说解放前非常有名。学期快要结束的时候，潘侯带我去了那个地方。我们在黄昏的时候来到它的面前。一些鸟在它高耸的尖顶之上盘旋，发出急促的叫声。夕阳无力地覆盖着我们脚下干枯的落叶。一走进它边缘锐利的阴影，我的心就遭到了温和的切割。潘侯仿佛变成了另外一个人。他突然变得轻盈、机智，牵着我的手灵敏地跨过每一个障碍：一段腐朽的木头，一块破碎的瓦砾，一架说不出名堂的小型动物的骨骸，乃至一团风干了的粪便。奇怪的是，我并没有感到太大的惊异。仿佛我早就知道，在雨人的世界里，有着属于他们的地图，在那里，他们自有条分缕析的途径。而如今，我只是进入了他们的领地。

这片神的废墟就是潘侯的领地。他熟悉它的脉络，曳足而行，可以毫无困难地深入它的每一个角落。他的地盘他做主，潘侯引领着我，成为我的方向。我们走过圆弧状的拱门，走进弥散着难言的哥特式的隐秘里，满目垂直的线条，让我们犹如走进了一具庞大尸骨的腹腔。肋骨一般交错而成的穹顶下，一排排信众的座椅周正而孤寂，它们已经腐烂，散发出泥土潮湿的腥味，上面生长着稆生的植物，却依旧整齐划一，难掩那种神所设立的秩序感。在这荒凉之境，所有的花儿却都如期开放，那些穿堂而过的鸟，不种也不收，也不积蓄在仓里，更不用读中文或者哲学，却依然被神所养育。

潘侯甩开我，一路蹦跳到牧师布道的讲坛前，大步跨了上去，仰起头，开始声音响亮地朗诵一首诗：

我披着深色的披巾捏住他的手……
"为什么你今天脸色惨白忧愁？"
原来是我让他饱尝了
心灵的苦涩的痛楚。


怎能忘记啊！我摇晃着往前走，
歪着嘴唇十分难受……

我没扶楼梯奔下楼来，

跟着他跑到大门口。


我一边喘气，一边喊叫："过去的一切

都是玩笑。你一走，我就会死掉！"

他平静地强颜一笑，对我说：

"你别站在风里头！"


当年的大学，即使是一个体育系的都能背出几首诗来。所以潘侯朗诵这首阿赫玛托娃的诗，在我这个中文系的看来，算不得太稀罕。我只是想不到，在这样一个场景中，潘侯怎么会朗诵这样一首极尽曲折的爱情诗。我所受到的专业训练约束我，在这里，来一句"主啊，是时候了！"才是恰如其分的。对此我只能叹服，这个人能够秉着恳切超越场景对一首诗的辖制，令本无瓜葛的事物浑然一体。我从未听过也坚信再也不会听到有人能够将诗朗诵得如此端庄与体面。朗诵者的语调没有修饰和起伏，没有声情并茂，每一个字都像钉在钢铁之上的钉子。于是诗被还原成了诗，自有一股高贵的威仪。

潘侯身边好像还站着个看不见的人，并且在对他的朗诵给予无声的掌声，他向这位莫须有的声援者频频颔首致意。当然你也可以得出这样的印象：这个大块头不过是在打着轻微的拍子，或者是在着力表现"歪着嘴唇十分难受"的诗意。

那一刻，教堂破败窗口涌进的夕阳极其明亮。就着光，在这位雨人的身上，我瞥见了这个世界隐秘的内核。它是另一条路径，某一类人与这样的路径在这神奇的角落里和谐地悄悄会合，就像万物不被觉察地自给自足。

但这条路径只在这座被遮蔽的废墟里有效。当我们重新走到尘世中时，世界立刻恢复了它的坚硬。回去的路上，潘侯两次撞向了电线杆。我就像一个被乖僻的主子搞得颇为狼狈的跟班儿，只好把他的手挽住。这回他的手倒是凉爽而稳定，只是在比例上给我一种反倒被人襄助着的手感。两个大男生牵手而行，真的是不太好看吧？反正我是有些别扭。但潘侯却因此好像得到了某种许可，突然和我推心置腹起来。

"你有什么难忘的事吗？"他转头看着我，无根无由地向我打问道。我没什么心思回他的话，但经不住他反复追

问："有没有？有没有啊？"

"有吧，"我沉吟着，顺嘴说了一句，"小时候死过一条小狗。"

"一条狗？什么品种？"

"一条小狗，"他这么认真，但我实在对狗的品种所知甚少，而且实际上一直还是比较怕狗的，所以只能答复他，"就是一条小狗。"

"噢，一条小狗。"他玩味了一阵，继续质问我："死啦？"

"嗯，死啦。"

"真的死啦？"

"没有死吗？"我被问得没了把握。

"噢，哦，"他和我捏在一起的手加了几分力气，表示有些不好意思，表示有些叹息，"怎么死的呢？"

"吃了死老鼠。"

"死老鼠？"

"是，是死老鼠，老鼠是被毒死的，就是说，狗吃了死老鼠，就跟吃了老鼠药一样，就被毒死了。"

我以一种三段论式的严谨用力解释着，态度忽而转变了，不再是心不在焉的敷衍，声音也逐渐哽咽一般的嘶哑了。这件童年往事此刻被提及，居然会令人伤心，这是我无论如何也想不来的，要知道，如果不是被这样拉出来说一说，我基本上把这茬事遗忘殆尽了。它长得什么样子呀？说黑不黑，说棕不棕。耳朵呢？耷拉着，好像总是湿漉漉的。湿漉漉？嗯，但和下雨没关系，也不是出汗弄的。你伤心吧？是。为什么？因为没有不伤心的理由……

我们在夕阳里手挽着手，谈论着一条死了十几年的小狗，腔调严肃，一点不比谈论一个瘦女生或者一个红眼睛教授轻浮。在我眼里，这条因为吃了死老鼠而死的小狗，从一个简单的事实中脱颖而出，陡然无条件地被赋予了某种令人动情的价值。仿佛我也有一本属于自己的黑壳笔记本，此刻打开检索，那条小狗就以一种令人从未巴望过的，我想说，使人怅惘的可贵被全新地塑造了出来。

当我抬头看到校门时，才从这种放诞的悒郁中回过神。我像被烫着了一样从潘侯手里拔出了自己的手，心想这是怎么啦，为一个雨人打伞，结果自己却被搞得像落汤鸡啦！已经有认识的同学出现在我们面前了。我故意放缓步子，装作若无其事的样子跟在潘侯后面。失去了我的手，潘侯一下子有些不知所措，两只空手无处安顿，在大腿上拍打了一阵，终于好像找到归宿般地迅速插进了上衣的口袋中。

校门外的路面正在翻新，走在前面的潘侯一脚踏进了刚刚浇灌了水泥的禁区。我用大喝一声来提醒他。他定下身形，进退维谷地傻在那里。我向他打着后撤的手势。但他好像看不懂似的，好像被吸附凝固住了一般，纹丝不动地把那个前腿弓后腿蹬的姿势保持了良久，然后才慢慢收回了那只误入歧途的大脚。那意思，好像还颇有些遗憾，有些恋恋不舍，让我都要认为他是故意这么做的了。

倘若你有一双慧眼，并且足够耐心，如今你在西大的校门口，也许还可以找到这么一只来自一位雨人的足有五十码的足印。它隐蔽地长在西大校门那张刻意维护着的老脸上，就像一块极具说服力的老年斑。

不知道从什么时候起，我开始把潘侯叫作老潘了。这除了说明他在我的眼里符合一个"老潘"的指标，至少还说明我对他已经颇感亲昵。临近寒假的时候，我被邀请到潘侯家里做客。王秘书坐着一辆小车来学校接我们。我几乎忘记了这个老潘的家庭背景。在他的身上，没有丝毫的纨绔之气，相反，他倒是比任何人都来得朴素。潘侯是我们宿舍里唯一不吸烟的男生，穿布鞋，衣服也似乎永远是那两件条绒外套，有一次临时还借穿过我的裤子，结果裤脚吊在脚踝上，裤裆紧绷地在校园里晃荡了一个下午。

直到我们乘坐的车子驶进那座俄式大院，我才意识到了潘家的非同一般。看到门前站岗的两名军人姿态标准地向我们敬礼，我的身体就虚弱下来。

潘侯的父亲看起来比潘侯还要庞大，主要是比他宽出很多，像一座山，即使向我走来也仿佛岿然不动。我们握手，我的手像被一团棉花包裹了一下。潘侯的母亲是一位皮肤白皙的南方妇女，倒是令人感到亲切。她的南方口音很重，而且语调又压得低，我需要支棱起耳朵才可以听清楚她的话。她要求潘侯为我们弹奏一曲钢琴，殷切地鼓励自己的儿子说：

"弹一首啦！"

潘侯显然不太情愿，大脸憋得通红，但还是坐在了一架钢琴前。他的表情和坐姿都很僵硬，弯腰曲背，手指无力，给人的感觉是在用除了手指以外的全部身体落实着这桩风雅之事。琴声若隐若现。我听了一阵，才幡然醒悟，叮叮咚咚，飘在耳畔的原来是国际歌啊。

潘侯的母亲低声对我说："他这是为你弹的，他从来不在外人面前弹琴的啦。"

她说感谢我对潘侯的帮助，这半年来，潘侯发生了"老大"的变化。

我有些受宠若惊。首先，我不觉得自己对潘侯提供了多大的帮助；其次，这幢完全超出我阅历的房子也在无形中压迫了我，似乎在这里，任何被感谢的话都是令人无法消受的。而那叮叮咚咚的旋律也使得我更加不知从何说起。

这时潘侯的父亲开口了，声如洪钟：

"李同学，听说你是学生会主席嘛，很不错，有前途。"

他的话音未落，潘侯猝然一拳捶在琴键上，用一声共鸣凶悍的强音来伴奏自己的叫嚷：

"讨厌！你不要说这种话，讨厌！"

场面一下子僵住了。潘侯的父亲面无表情地闭上了眼睛，一副雷打不动的凛然。潘侯气哼哼地从钢琴前起来，足有上百平米的客厅他也只需几步就可以找到一面墙，撞过去，折回来，再撞过去，像一只恒定的钟摆。头顶的枝形吊灯在震荡下窸窸窣窣地颤动。没有一个人试图去阻止潘侯。他的父母安之若素地坐在沙发里，对眼前的状况置若罔闻。一个类似保姆身份的阿姨默默进来给我们的茶杯添水，然后又默默地退出去。我本该看看事情会被允许发展到什么地步，但还是终于忍不住了，轻声叫道：

"老潘……"

像听到了一声哨响，潘侯立刻收住了狂躁的步子。他的母亲惊异地瞪大了眼睛，用一种南方气质的氤氲眼神看看我，再看看自己的儿子，显然一下子不能把"老潘"这个称谓跟自己的儿子对上号。潘侯站在原地喘着粗气，好像比狂奔了一场还要气息难定。稍微平静之后，他过来略显粗暴地抓住我的手腕说：

"我们走。"

我无所适从地向他的父母点点头，说是点头哈腰也差不多，那种不自觉想要讨好什么的态度，真是要不得。我被潘侯提溜到了他自己的房间。我注意到这个房间的四壁都包着齐人高的棕色皮革。潘侯的情绪转变得非常快，一下子又兴高采烈起来。他从一面书柜里拿出一大摞画，很阔绰地丢给我：

"我画的！"

画是用铅笔画的，一些锋利的线条狼奔豕突，乍一看，就是一团乱麻。

"是教堂的尖顶吧？"我完全是信口开河。这一次，我没有把他当成一个美术系的。我的脑子还留在客厅里。我想着那对父母依然坐在沙发里的情景。他们一言不发地各自端起茶杯，杯子上印着"为人民服务"。同时，这幢房子也令我神伤：大客厅，钢琴，枝形吊灯，成排的书柜，外加一个沉默的保姆，可不就是一个中文系学生所能憧憬出的最完美的梦境嘛。

潘侯的脸色微微有些发白。

"你能看懂呢！"他惊呼着，"只有你能看懂呢！"

他眼睛翻起来，既像是高兴，又像是生气，上唇渗出细密的汗珠。

我歪打正着，不太好意思回他的话。孰料，他却因此打算回报一下我。

他突然拉起我的一只手说："李林，我要告诉你一个秘密！"

他这般郑重，我不由得也跟着严肃起来，迅速向门口看了一眼。要知道，在这样的一幢房子里言及"秘密"，岂不就要令人联想到"机密"？

潘侯喘得厉害，像是在下着很大的决心，他说：

"我爱上一个女生！"

我感觉自己的头晕了一下，问道："谁？能告诉我是谁吗？"

然后我屏住呼吸，等着他的回答。

老潘的回答使我的头更晕了。

他下了个狠劲，向我俯下身来，用自认为是悄悄话但足以令客厅里的那两个人也能吓一跳的声音，暴怒般地说出了一个我熟悉的名字：

"朱莉！"

因此这两个字都显得不太具备一个名字那样的指称性，让人觉得像是空洞地瞎吼了一声。


新学期伊始，我就感觉到了潘侯的变化。夜晚一声响指之后，依然可以在厕所里看到抱着那本黑壳笔记本的老潘。但是他却宁静多了，蹑手蹑脚地摸黑钻出去，然后又蹑手蹑脚地摸黑钻回来，尽管弄出的动静反而比百无禁忌时来得还要大，但那份自控的努力却是一目了然。接着，他和朱莉的恋情就被公布出来。

朱莉是西大有名的女生，低我一届，高潘侯一届，上天作弄，学的是物理。此人非常活跃，长着一双天使般的眼睛，深深地陷进去，有着很淡的眼珠，因此显得大而哀怨。朱莉善于交际，诗歌朗诵，交谊舞会，话剧演出，学校里组织的每一项活动几乎都能得见其影。

雨人在谈恋爱——校园里风传着这样一桩奇事。这段恋情之所以一开始就被视为了"奇事"，并且遭到非议，原因在于几乎所有的人都认为朱莉怀着显而易见的目的。我也用这样的尺度来测量潘侯的爱情。尽管我承认，原来我一直忽视了老潘居然也会有爱的本能（这早有端倪，他在神坛上吟诵过的），既然有本能，面对条件，就会有反射。我认为，朱莉这样一个学物理的女生，对于物质的守恒自有其专业的体悟。我担心潘侯无法抵御这种陡峭的爱情。老潘在神坛上朗诵阿赫玛托娃的情形历历在目，我不愿意看着他被朱莉拽到一场物理实验当中去，弄到"歪着嘴唇十分难受"的沉痛境地。

为此，我擅自扩大了"照顾"潘侯的范围，做了一些不太磊落的事情。我找来了一些朱莉的照片，都是学校组织活动时拍下的。朱莉在上面与各色男生作出亲密的动作，依着，靠着，吊在胳膊上。我想以此唤醒老潘，让他对爱情这件事情有一些清醒的认识。

潘侯看得认真，两眼冒光地对我说："朱莉多矫健！"

多矫健？是的，这并不奇怪，老潘有时候就是会这样语出惊人，譬如像表扬一匹马似的表扬一个女生。

我有意打击他："朱莉穿高跟鞋不好看，你不觉得吗？"

这倒也是实情。美丽的朱莉也有微疵，像很多女孩子一样，穿上高跟鞋走路就多少有些颠颠簸簸的样子。

"哈！"

潘侯拳头向前捅了一下，我理解他是想擂我一拳，不过他落空了，拳头指向的那个区域是我五秒钟前站着的位置，现在我已经挪窝了，而他的方向感还没调整过来。他一拳打在空气里，自己都怔了一下，但脸上的表情并没有收住，依旧洋溢着红光，并且依然快活地叫起来：

"你看得真仔细，你看得真仔细啊！"

我反而被他搞得颇为尴尬，只好重新闪到先前的位置，正色引导他：

"老潘你知道吧，爱情有时候是可以成为一种手段的。"

我差点要将爱情说成是一个物理公式，这样显然针对性太强。

老潘安静冷淡地看着我，好像才开始回味方才落空的一拳到底是哪里出了故障。

他偶尔回一句："不是，爱情不是。"

我让他说说爱情是什么。他漠然地看着我，并不作声。仿佛跟我说了也是白说。仿佛对我还挺轻蔑的。

我有些恼羞成怒，大声教导他："老潘，人都很自私，你知道吗，人都很自私！"

他被我吓住了，紧紧地咬着腮帮子，连声说："自私！"


潘侯不为我所动，爱得颠顶。"奇事"的另一位缔造者朱莉，同样也经得住非议的侵扰。这位孔雀一般骄傲的女生，自信到一种地步，根本无视流言与飞语，甚至让人觉得，这反而是一种待遇，她挺享受这种沦为话题与谈资的局面。朱莉与潘侯在校园里亮相，效果形同今天的女人挎着一只 LV 的包包，在大家看来，这个朱莉是在用自己的行动声明，她并不讳言自己的企图，而且绝对不以此为耻。

　　他们约会的时候基本上是在周末，平时呢，有些按部就班的意思，必定会在傍晚时分牵着手在校园里巡视般地走一遭。这走一遭的意思，在大家眼里，是朱莉刻意为之的，她是在示威，是在用自己的身体发言——扬起的头说：怎么啦？我就是想抓住一个公子！挺起的胸说：有本事你们也抓一个我看呀！颠颠簸簸的脚步宛如鼓点，给她的声明敲击出有声有色的精神气儿。朱莉意气风发，这么招摇，实在是有些蔑视大家的情感啦！于是局面为之一转，旁观的我们倒仿佛被置于羞耻的境地。尤其是我，无形中，好像成为舆论谴责的一个焦点，仿佛这件有伤大雅的事之所以发生，完全是因为我没有负起一个监护人的职责，是我放任了这样的事情，将老潘置于凶险的试探之中。

　　我在一个周末尾随过他们。出了校门，这两个人一路向西，走出不多远，我就明白了他们的目的地。他们是在走向那座废弃的天主教堂。这个事实让我好一阵失落，居然有着一丝妒意。是我觉得朱莉从我的身边夺走了一个雨人吗？似乎又不完全是，因为无论从哪方面讲，我都无权并且无意霸占这个雨人。根源在哪里？如今我也难以梳理清楚。那种蒙昧的情绪，只能永远陷入蒙昧里。我远远地跟在他们后面，吸引我眼球的，不是目标昭彰的大块头潘侯，相反，倒是他身边那个婀娜的背影。

之前我和朱莉只是在学校组织的活动中有过一些接触——我是学生会主席嘛。那时我没有对这个女生产生过更多的想法。朱莉的辐射力过于强大，热力四射，让一个严肃内敛的学生会主席只能敬而远之。

直到她用这样的方式闯入我的视野——更多的时候，只是一个背影，一个婀娜的背影。


我还得继续找潘侯谈话。

我们坐在操场的主席台上，两腿悬空，双眼望天。老潘又把自己的手放错了地方，理直气壮地搭在我的大腿上。考虑到这场谈话必然的艰难，我唯有任凭他将我的腿当作了他的腿。

"老潘，你想过没有，朱莉爱你什么？"

"我爱朱莉。"

"我是在问你，朱莉爱你什么？"

我的大腿被毫不客气地拍打了一下。

"我爱朱莉。"

"这不是一回事！我没问你爱不爱她！"

"是一回事，都是爱情的事。"

"好吧，好，那你爱朱莉什么？"

"我爱朱莉。"

"好，好！你爱她，总有原因吧？比如，爱她的什么？"

"身体。"

这个答案让我险些从主席台上跌下去。

"你是说——身体？"

"是，朱莉是漂亮的女生。"

"荒唐啊老潘，爱一个人应该是爱上了这个人的特性，你说的漂亮是一种共性的东西，显然，漂亮的女生很多，可你并没有全部爱上她们嘛。"

"我爱她们。"

我的大腿又是一阵火辣辣的痛，但这次是我自己拍打的。

"可现状是，你只爱朱莉啊。"

"那是因为，只有朱莉来让我爱。"

这句话太有效了，蕴含的那份哀伤，几乎要让我放弃谈下去的努力。潘侯的语调真的是突然降低了下去，在"因为"这两个字后面，有着一个明显的停顿，就像舌头突然被牙齿绊倒。我这才意识到，原来我除了否认着老潘也有爱的本能，而且从根本上，一直无视着老潘居然也会有忧愁。他有爱，但除了朱莉，没有人来让他爱，他是天然被规避着的那一类人。

"可是老潘，爱是一件需要彼此确认的事，你爱朱莉，要建立在她爱你的基础上。"

"爱不是。她爱我，我才爱她，这不是爱。爱不是交换。"

"可也许对方是当作一场交换呢？"

我的语调出奇地无力，远没有我预料的那样会拔高起来。

"爱不计算。"

"你不计算并不表明对方不计算啊。"

"所以爱不是两个人的事。"

"你什么意思，爱难道是一个人的事？"

"不，爱是所有人的事。"

"所有人的事?"

我几乎要呻吟了。

"所有人自己需要去做的事。"

我感觉到了，此刻我们这两个坐在主席台上望天的人，是在说着不同的事。这种不同截然相反，却又不可分割。于是我们无法说到同一个程度上去。我无法厘清自己的思路，但在情感上，却分明是被感染了。我没有能力来定义校园里的这样一桩奇事了，如果非要有个定义，我们勉强可以将其称为是一场"所有人中两个人各自去爱的事"。如果这样的道理真的可以讲得通，那么，谁还有权再来质疑朱莉的动机?

在潘侯的逻辑里，人需要面对的，只是我们自己。

朱莉远远地向我们走来，没有其他的比喻，只能老生常谈，说她像是一个跳动的音符。潘侯依然望天，倒是我的目光，远远地就被这个走来的音符所引动。的确，当我们欣赏一个音符的时候，是不会甄别这个音符有什么动机的，那是音符自己的事，我们只服从我们自己的情感，就够了。

就够了吗?

我被潘侯弄乱了脑子，不再那么抵触朱莉。这种情绪一经产生，居然繁衍出其他的情绪。我发现，即使朱莉真的是在谋求什么，那么她谋求得这么当仁不让，本身就极富魅力。这种魅力刀砍斧劈，简直是凌厉，如果换作是我，我也会缴械。这时候，令大家震惊的已经不单单是潘侯了。当舆论在朱莉的气势下即将溃败的时候，朱莉却乘胜追击，反其道而行之，掀起了新的一轮攻势。她突然冷待起火热的潘侯。什么动机呢？大家的猜测是：朱莉感觉时机到了，潘侯已经被充分燃烧，她要翻盘，向大家证明，校园里发生着的这桩奇事，责任原本是在潘侯的。

朱莉多有智慧。大家多有智慧。

但潘侯焉知这里面的奥妙。尘世叵测，爱情这样的事情又是格外曲折逶迤，哪里是他老潘所能轻松穿越的呢。受了冷待的潘侯在一天夜里跑到女生宿舍楼下等朱莉，翘首以盼，只等到月朗星稀，惊动了校方。换了其他人，这样的事情就不成其为问题，无非一通申饬。但麻烦的是，现在是公子潘侯。本来恋爱之事原则上在大学是不被提倡的，但校方显然是特许了潘侯的爱情。学校派出两位老师来做规劝的工作，一男一女，一老一少，搭配得非常合理。

这对组合当然劝不动潘侯，于是上楼劝起朱莉来。十多分钟后，朱莉仿佛蒙受了天大的委屈，从楼上飞奔下来，冲着潘侯气势汹汹地叫：

"好了吧！好了吧！"

楼上楼下挤满了兴奋的脑袋。大家在这初春的月圆之夜，玩味着校园里的爱情。这爱情寓意无穷，在我们这些年轻学子的眼中，好了吧，却唯独看不到那些纯美的题中应有之义。一阵乌云过后，星星像一股回流的河水在天上流淌。这是多么难得的一刻，大家安静地麇集在星空之下，仿佛在欣赏一幕话剧。作为背景，天上的星星和月亮都显得那么富于装饰趣味。大家都是看客。就像每出好戏都必不可少的那样，校方无疑在这出戏中扮演了滑稽的角色，他们在策动朱莉去满足潘侯的爱情。朱莉呢，穿着一身碎花睡衣，是一个有些左右为难的公主，她都有些气急败坏了——而欣赏一个穿着碎花睡衣、被为难了的气急败坏的公主，是一件多么令人愉快的事。至于潘侯呢，很不幸，不过是一个身世显赫的白痴。

潘侯插在上衣口袋里的两只手企鹅翅膀般地扑棱着，"歪着嘴唇十分难受"。他判断出了眼下的状况不妙。因为好了吧，朱莉标志性的大眼睛显然在流泪，泪花在星光下熠熠生辉。这让潘侯分辨出了好歹。他立刻没了主意，回头举目张望。我知道他在找什么，下意识就想缩到人群背后。但他高瞻远瞩，一眼就望到了我。我们的目光碰在一处。我该怎么回应他呢？我可不想在这出戏里跑龙套。真是很可耻，我掉头走掉了。我的身后是一片喧哗。绝望的老潘也分开了众人，他退场的动静太大了，像一头巨大的鲨鱼破水而去。

一段新的传奇就此展开。我们校门口有家小餐馆，无非卖些豆腐白菜这样的简餐。潘侯大约和朱莉在这家餐馆里有些什么故事，可能就是吃过几次饭吧。他从此不再顶着星月到女生宿舍楼前示爱了，改在了这家餐馆，天天傍晚浑身带响地准时到达，在餐馆老板的协助下落座于最里端的同一张桌子旁。

餐馆里乌漆麻黑，顾客全是西大的穷学生，本来生意惨淡至极，不想随着潘侯的到来，迅速变得热闹起来。只要潘侯光临，立刻就有人尾随而至，当然不能昭彰地观瞻，一盘豆腐白菜什么的总是要点的，大家一边吃，一边心事慷慷地静候着潘侯弄出新鲜的花样来。潘侯却很规矩，闷头端坐，眼前无外乎也是一盘豆腐白菜。然后果然就有了花样：对面摆着一双碗筷，他夹起一筷子菜，准星不稳地放进对面的碗里。即使是最冷漠的家伙，看到这一幕都不禁要心酸——谁都知道，天啊，潘侯这是在给朱莉夹菜呢，他在煞有介事地虚拟和回放着曾经的甜蜜。

这家小店因此成为一所课堂。一些有志于爱情这件事的同学成双而来，在一种异乎寻常的静谧之中，跟随着老潘，学习爱与被爱。真是奇妙啊，老潘端坐在灰暗的小餐馆里，却俨然一位身处豪华酒店的钢琴师，用自己的音符将一切都浸透了。这里成为一块现实之外的飞地，起码，在这里，大家能够得到短暂的感化。潘侯旁若无人地重复着他的弹奏，日复一日，西大的穷学生们那些卑微的爱情却借此得到了升华。在这个春天，恋人们携手而来，在潘侯营造的格调中吃着意味无限的豆腐白菜。

朱莉的目的达到了吧？舆论果然从反方向来裹挟她啦。水到渠成，初夏的时候他们终于重新走到了一起。这一回，好了吧，倒是有些众望所归的意思。但朱莉有条件，前提是，她不允许潘侯再光临这家小餐馆。朱莉是怎么想的呢？大家也许不难理解，那就是，即使是一件感人至深的事，我们也羞于过分地演绎。是的是的，朱莉和我们一样，只要不是一个会撞在墙上的人，大家都不堪过于华丽的滋味。

王子和公主并肩走在校园里。潘侯的行走依然横冲直闯，朱莉在一旁引导着他，手和手攥在一起。这样一来，我得到了解脱，完全失去了潘侯监护人的资格。但是很不幸，朱莉却因此被人称为了"导盲犬"。我当然不会因此对朱莉幸灾乐祸。但说实话，看着他们走成西大的又一道风景，那段日子的我满腹抑郁。

基于此时我和老潘已经达成的友谊，不可避免，我也经常和这对佳人混在了一起。由此，我掌握了他们邂逅的每一个步骤。原来，某一天，物理系和哲学系的两个班级在操场上宿命般地遭遇。在这堂体育课上，潘侯一如既往的奔跑博得了史无前例的喝彩——跑道边一个有备而来的大眼睛女生尖叫不已，又是跺脚又是鼓掌，高喊"加油！加油！潘侯加油！"。这种激励对潘侯而言如同对牛弹琴。大家却都听出些意思来，翻译一下的话，差不多就是"爱你！爱你！我很爱你！"。但很可惜，这么露骨的表达对老潘却是无效的，雨人的字典里压根没有"意会"这样的词。于是大眼睛朱莉破釜沉舟，下课后就将潘侯挟持进了那家小餐馆，在豆腐白菜的见证下，直截了当、明白无误地对着跑步健将潘侯说出了："我爱你！"这种局面不要说是潘侯，换了任何人，恐怕都难以理智地权衡应对。

我找机会比较策略地问过朱莉：你爱潘侯什么呢？

这个问题我问过潘侯，没有得到想要的答案，反而被搞坏了脑子。

朱莉一眼就识破了我的诡计。那时候我们三个坐在图书馆前的石阶上，老潘傻乎乎地挂着脑袋听我和朱莉东拉西扯。我趁着朱莉麻痹大意的时刻，偷袭般地问了朱莉一句：

"你真是挺有勇气的嘛。说一说，老潘什么地方打动你了？"

朱莉将头扭到一边。我觉得她的这个动作有力极了，对面花坛里的草都仿佛跟着呼啦摇摆了一下。朱莉用这个强劲的动作回答了我——管得多！委婉一些，就很有可能是这样的一句陈词滥调：爱难道需要理由吗？我正有些气愤，却听到朱莉意味深长地说了一句：

"飞机，我还没坐过飞机呀。"

顺着她扭头的方向看去，原来天边正有一架飞机飞过。

朱莉坐在石阶上，裙子夹在大腿中，两只膝盖聚拢，膝盖以下却大幅度地撇向两边，腿腘难度极高地侧翻成直角，使得两条分开的小腿颇像飞机张开的翅膀。她也真的如同飞机翅膀一样地微微扇动了一下这两条小腿，用来配合自己的叹息。那年头，坐过飞机的人怕是不多，我就没坐过。朱莉那两条微微振荡着的小腿以及女生才能完成的惊人坐姿，一瞬间把我的意识拖曳而去，让我也痴痴地跟着配合了一句：

"飞机，是啊，我也没坐过，飞机……"

老潘怔忪地插话道："飞机，我坐过的，飞机。"

他把目光公平地分摊在朱莉和我身上。不过也有可能是在眺望业已消失了的飞机。

我立刻回过了神，对自己的失态十分不满，心中愤愤地认为，明目张胆的朱莉啊，她这就是在正面回答我的问题：老潘有什么好？这不是明摆着的嘛——他坐过飞机，形同一张飞机票。

这张飞机票在他可疑的爱情里状态倒是一天比一天好。已经很少能够见到老潘撞在墙上了。他日趋恬静，肢体动作也渐渐变得协调，甚至主动与人搭起讪来。和朱莉散步时，他会突然热情地向某位路遇的同学大声问候，猛不丁劈头给人家来一句"吃了吗?"或者"朋友，你的鞋子蛮不错"。这有些荒唐，因为对于鞋子的鉴赏显然不是潘侯的长项，大家看看他脚上的状况就明白了——老潘他长年穿着一双那种被称为"懒汉鞋"的黑布鞋。被潘侯问候的人，多半会让他吓一跳。要知道，一个像老潘这样体格的庞然大物凭空向你示好，反而有种令人惊悚的威力。这就是我们弯曲的现实：一个大块头，天经地义，好像就不该是为良善预备的，他的善意，往往倒要叫人抽一口凉气。这就好比美丽的朱莉，如果不精明世故，好像就一定是辜负了她的美丽。

我们虽然还都是一群学生，但当身体的青春期遇到了时代的更年期，人人似乎就有了一颗看破世事的心，对空气中袭来的一切都保持警惕，友谊，爱情，突如其来的亲密和不经意的问候，都首先理所当然地被我们怀疑。只有潘侯和朱莉，这两个我行我素的人，以不同的角度活出了磊落的样子。

七月流火的一天，潘侯对我说："李林你要帮我。"

我不明白他是何用意，一问之下，才知道原来朱莉要他一同出去跳舞。我对朱莉的这个要求很反感。她怎么能要求潘侯去陪她跳舞呢？这就好像是要求一个路都走不稳的孩子去耍杂技。

我说："那你就不要去了。"

"不，我要去！"潘侯坚决地说。

我听到他说"不"时流露出的那种愤慨语调很是吃惊。这个音节就像是在他的嘴里放了一颗小炮仗。

"那我怎么帮你？是让我来陪她跳吗？"我这话听起来的确有些不怀好意。

"不，"他的嘴里又这么响了一声，像看着一条需要调教的狗那样看着我，"你陪着我就好，你可以给我指方向，喏，向左，向左……"

说着他把自己的左手举在靠近眼睛的地方，冲着我比画不已。

还有什么好说的呢？那天晚上我们三个人去了莲池公

园里的一家舞厅。

朱莉穿一条红色的连衣裙，胸脯高耸，很漂亮，也很招摇。由于预见到我会有微词，这个物理系的女生基本上不怎么搭理我。我跟着他们，心里有些不是滋味。除了对潘侯一贯的担忧之外，我也对自己的处境颇感忧愁。毕竟，朱莉是那样引人注目，而我，可不同样也处在青春期的尾巴上吗？是啊，我也有向往，更不缺乏欲望，但悲哀的是，我的身边没有朱莉这样的女生，哪怕她是个学物理的。

那是一家很有名气的舞厅。朱莉提出来要去那里，我其实想否定的。我认为我们应当找一个相对冷清些的地方。在我看来，所有有名气的事物，必定都是复杂的，就像有名气的朱莉一样。但潘侯热切的眼神迫使我打消了自己的偏见。而且尽管排斥，出门时我却鬼使神差地换上了一双新皮鞋。

舞厅的生意很好，我们进去时已经人满为患了。让我耿耿于怀的是，进门时我攥着三张粉红色的票，而这两个人却像透明人似的，完全是一副东家的派头，目不斜视地昂首穿过了舞厅的守门人，好像从来没有人用检票这种手段对付过他们一样。

朱莉兴致高涨，一进门就拽着潘侯挤进了舞池。潘侯明显受到了惊吓，在半明半昧的光影下求救般地望着我。我只有举起左手放在眼前，向他打着只有我们之间才能辨识的旗语。看来我是做对了，老潘向我咧着嘴笑。他当然不会跳舞，但他并不把也无从把这当成一个困难。他只是被动地被朱莉拥着，挤在人堆里缓慢地挪动。他实在是太高太大了，即使人海如沸，我也能一眼就找到他。看着他像一头温顺的大猫一般晃动着，一步一步地挪出他的那个世界，我不知道究竟是什么让我如此焦灼。这里面可能有些自艾，毕竟看着别人火热地抱在一起谁都会有些不是滋味。而且我脚上的新皮鞋不太合脚，硌得我脚背生疼。

接着就发生了混乱。朱莉突然尖叫起来，她的叫声穿透了响彻整个空间的舞曲：

"潘侯，你快松手!"

舞曲戛然而止，灯光也在一瞬间通明。刚刚还密不透风的舞池刹那让出了一个舞台，只留下三个人在里面表演。仿佛是莎士比亚的一出戏，三个人各有造型。朱莉面若桃花地呆在那里，潘侯的一只手死死地攥着一个男人的衣领。

那个男人向后半仰着，其实很镇定，反倒是潘侯脸色煞白，嘴唇一直在哆嗦。

"放了!"男人对潘侯命令道。

潘侯一言不发，嘴唇哆嗦得更加厉害。

男人说："放了!"

我挤过去，从身后抱住潘侯。

潘侯像是见到了亲人般地申诉起来："李林，他摸朱莉的屁股!"

男人不甘示弱地反驳道："我摸你的屁股了吗?"

像遇到了一个哲学命题，潘侯一怔，实事求是地说："没有。"

男人说："那你放手。"

潘侯证伪道："你摸朱莉的屁股!"

男人说："我愿意，你放手!"

我感到潘侯的身体抖起来，连忙对他说："老潘，你先放了他。"

"不!"潘侯嘴里爆响了一声。他的手就像一把锁，死死地锁住了对手。

男人火了，低声咆哮道："放了! 给老子放了!"

潘侯一言不发，手锁得更紧了。男人照准潘侯脸上就是一拳。这一拳打得太实在了，稳，准，狠，连潘侯身后的我都受到了震动。

朱莉再次尖叫起来："不要打！"

她扑过来拽男人的胳膊。我异常愤怒，跳过去用两只手卡住了男人的脖子。这样就形成了我们三个围攻这个男人的局面。

男人的脸被我卡得青筋鼓凸，声嘶力竭地吼叫道："朱莉，你他妈的也是疯子啊！"

我颓然地松开手，对潘侯说："老潘你放开他吧。"

潘侯说："不！"

男人急了，丧心病狂地朝着潘侯的脸啐了一口："松了，你这个白痴，松了！"

我超越了对自己的估计，毫不迟疑地一拳打向男人的嘴。反而像是被咬了一口，我感到自己的拳头一下子没了。

朱莉呻吟了一声，哭叫道："都不要打呀，我们认识……"

我甩着手向潘侯嚷嚷："你听到了，人家认识，你松手！"

潘侯说："不!"

我吼道："你真是个白痴吗？松手!"

潘侯一下子松懈了。他扭头就走。我还保留着一个怒吼者的造型。我知道他是想要离开，却只能眼睁睁地看着他撞在一根柱子上。他的步伐迅疾无比，就像发射出去的一样，我根本没有机会拽住他。这一下撞得真是猛啊，潘侯居然向后一屁股坐在了地上。人群哄然大笑。潘侯四仰八叉地坐在那里，歪着嘴唇，是一个沉思者的模样，肿起来的眼眶让他像极了一头琢磨人事的河马。

回去的路上潘侯走得东倒西歪，他像喝醉了酒一般步履散乱。他刚刚迈进一个陌生的世界，就被这个世界搞乱了步子。以前他即使是迎着墙壁而去，步伐也从来没犹豫过，总是高视阔步，一往无前地向着一个方向坚定地跨出去。

朱莉在一旁边走边哭。朱莉的哭泣同样让我感到意外，就像当初我第一次看到潘侯的眼泪一样，朱莉这个明晃晃的女生在我的意识中也从未和泪水联系在一起，她也是一团化合物，但组成元素中并没有情感之类的成分，没有两个氢气和一个氧气那类玩意，所以形成不了水。那么，此刻我是否可以将朱莉汹涌的泪水与情感联系在一起，将此看作她爱着潘侯的一个确据？不知为何，一这样想，我就更加暴躁。如果正视自己的内心，我得承认，我更愿意把朱莉永远当作一个深谙物质守恒的女生。

朱莉哭得顽强。我似乎没有资格去训斥她，但我有种说不出的痛苦在发作——不合脚的破皮鞋，粉红色的粗糙舞票，凸凹有致的物理系女生，被啃了一口的手，这些从出门起就追着我咬的愤懑情绪终于集中爆发了。

潘侯原本的世界里只有呼吸，而他即将进入的这个世界，对不起，妈的全是老鼠药。我跳到路沿上——这样能让我在高度上处于一个比较有利的位置——开口向老潘灌输起这个世界的基本图景：想要点儿新的方向感吗？那么兄弟，刚才的这件事你错了，这很滑稽，人是自私的物种，应该学会变通，不要把自己置身于无谓的激荡之中，否则只会被人当作白痴一样地往脸上啐口水，丧失掉尊严，成为别人的笑料……

无谓的激荡之中——这么说老潘就变成了汪洋中的一条破船，而我重新夺回了一个监护人的权力，得替他掌掌舵。那一会儿，我哪能意识到这些话隐含着多少幽暗的苟且，归纳起来不外乎：既然这个世界全是老鼠药，人就有理由怀疑一切馒头和面包。

我说得兴起，在夏夜里汗流浃背地慷慨陈词，傲慢极了。而那更像是我在自我排遣，被新皮鞋折磨着的脚都舒缓了不少。

当老潘被我说出了一副唯命是从的模样后，我转而影射身边的朱莉，指桑骂槐地讲了一通红颜祸水之类的格言。朱莉只是哭，居然哭得我颇有快感。后来她突然像是被重锤当胸猛击了一下，抱着肚子蹲在路边再也不肯起来。起初我以为她是悲伤过度了，甚至还含有表演的成分，所以不耐烦地在一边继续聒噪。但过了一阵却看着不像是那么回事。这个女生的确是被空前的绞痛袭击了，她上气不接下气地蹲在那里打着泪嗝，没完没了，好像随时都有昏死过去的可能。我的恶意渐渐散去，意识到了点儿什么，但也似懂非懂，只能束手无策地干看着。潘侯置身事外，目光茫然地对着无尽的黑暗望出去，仿佛面前的虚空中写满了晦涩莫测的公式。朱莉蹲了好久才窝着腰站起来，就这么一路抱着肚子蹒跚而行。潘侯目空一切，始终神游天外。我突然变得万分沮丧，像个俘虏一样灰溜溜地跟在他们后面。在路灯的照射下，我看到朱莉的红裙子上洇出一大团深色的污迹。在我眼里，仿佛这个女生正在变成一块铁，仿佛这块铁正在剧烈地生锈，仿佛那条红裙子下正在进行一场化学实验，硫混进了磷，或者锰遇到了汞什么的。

后来我当然搞明白了，那天夜里的朱莉原来是在痛经。


我想我的教导对潘侯起到了作用。鉴于我教会了他一次"向左"，他就把我当成了一部可资信赖的教科书。这以后老潘日益像一个正常的人了。上课的时候他基本上能够找到自己的位子，捧着一只大饭盒自己去食堂进餐，中规中矩地排在队伍的后面。在爱情和现实这一软一硬的两只大手调教下，他开始变得缓慢，十拿九稳，每走一步都小心谨慎的样子，不再奋不顾身，不再亡命飞奔，连尺寸都没有那么大了，好像缩了一圈。就是说，他不太像老潘了，有些像潘老。

大家公认这是我的功劳。学校给了我一个"优秀学生干部"的荣誉。王秘书亲自来学校见我，暗示潘侯的父亲很器重我。不是吗，换了谁对此都会有些蠢蠢欲动吧。

而且这番暗示很快就兑现了。大四一开学我就被分配到团省委开始了实习。潘侯和朱莉还来看过我一次，他们已经到了形影不离的地步。有传言说朱莉最终会被分配到最热门的单位，尽管她离毕业还有两年的时间。他们坐在我的面前，不知为何，隔着一桌子的文件和报纸，我怎么看都觉得这两个人的状态有些不可捉摸的垂头丧气，连得偿所愿的朱莉都显得有些落寞。

是什么让我产生这样的感觉呢？直到几天后我在办公室里被一把椅子撞青了膝盖，才恍然大悟。原来那天在我这间逼仄到难以落脚的办公室里，老潘他居然如履平地。他进得门来，至少需要穿越两把椅子、一张桌子、一只老式的木头脸盆架、一个古董似的文件柜，才能落座在我的眼前。但是他却带着出色的空间感成功地绕过了这一切陷阱。他走得太自如了，寸进尺退，在我的感觉中，反而丧失了那种明快的披荆斩棘的虎虎生气。

这时我谈起了有生以来的第一次恋爱。对方是外校派到团省委实习的一个女生，当然也是个"优秀学生干部"，胖乎乎的，还戴着副眼镜。我们有幸被分在了同一个部门。许是"优秀学生干部"的大学生涯都有了致命的亏欠，我们两个真可谓是一拍即合，转瞬就在单位提供的临时宿舍里彼此借助了对方。那些个日子啊！汗水，体液，混杂着机关里才有的那股子严峻气味，囊括了我们青春垂死挣扎般的最后的一丝孤独。

情绪稍稍稳定的时候，我定神思忖，自己是否真的身处一场爱情之中，答案是：断乎没有。胖姑娘想必也和我有着同样的觉悟。她横陈在我的身边，全身赤裸，但依然架在脸上的那副眼镜，仿佛就是一个有所保留的象征。敦促我们这样躺在一起的动力大致相同，那就是，眼看大学时代行将终结，青春行将散场落幕，彼此不免就下了要"捞上一把"的狠心。一切不过借着爱情的名义。但是上帝作证，每当我们高潮退去的那一刻，我胸中涌起的凄凉又与我所认为的爱的滋味何其相似。那种只有曲终人散时刻才会升起的落寞与空寂，仿佛一座弃园，忧伤反而得以葳蕤凶猛地生长。这样的滋味使得我们自觉地克服掉那种事后必然的沮丧乃至厌弃，打起精神，用一种体谅的态度继续将对方拥在怀中。

我想说的是，当我第一次进入那条温润的通道时，仿佛终于在跑道的终点完美撞线。那条灼亮的弧线又一次被我体验和看见：微微震荡着，不受重力约束，光波一般悬浮在半空。那份不期而至的自由从天而降，它不是我们想象的那样酣畅淋漓，它没有那么霸道、蛮横和粗鲁，而是宛如一个婴儿般的令人疼惜。

而且天啊，如果再将我拷问下去，你们就会知道，在那一刻，我还想到了朱莉。


不久就发生了那件大事。

王秘书在一个深夜打电话给我，让我马上赶到潘家，单位居然因此给我派了辆车。当我赶去时，潘家灯火通明，像一个临战的指挥室。但潘侯半小时前已经成功地冲出了那幢壁垒森严的俄式大院。他击碎了玻璃，从两层楼上跳下来，风驰电掣般地摆脱了几名哨兵的围堵，消失在了茫茫的黑夜里。

对于这个事件的发端，西大有着一致的说辞。

他们说那天傍晚潘侯和朱莉去那座废弃的教堂是为了偷欢。尽管潘侯已经日趋"正常"，尽管他庞大的肉身必然也有"捞上一把"的需要，但我仍然难以相信他会在那片上帝的废墟中让身体复兴。直觉告诉我，在那里，他只会热忱地对着朱莉朗诵"歪着嘴唇十分难受"。

他们从废墟中走出来时，四个男人拦住了他们——只有这段话是无可辩驳的事实，下面的情景我依然需要依靠自己的直觉来呈现。

四个男人用匕首逼过来，他们让潘侯滚蛋。世界瞬间错乱。最初的一刻，潘侯下意识举起了自己的左手。但致命的是，那本该攥紧抡出去的拳头，却变成了具有指南针性质的参照物。朱莉后来告诉我，那时的老潘有种分裂般的撕扯感，他的头脸在痛苦地左右摇摆——朱莉用她的专业术语形容道："像不断切换的电路。"最终，一个他所信赖的兄弟的教导占据了上风。我一再试图用污秽来擦亮老潘的眼睛，给他导航，殊不知把他引向的是一片荒芜。他有了方向，只能够采取这样一个条件反射般的姿态：把左手举在眼前，然后响亮地呼喊着数字，像钟表上的指针一样精确地飞奔而去——向左！向左！将自己拽出肉体……

某种意义上讲，潘侯在这个事件面前作出了最符合一个正常人的选择，他懂得了退却，并在"无谓的激荡之中"选择了逃窜。这个逃窜的理论和逃窜的方式，都是我教的。但他那令人咋舌的禀赋显然没有余力甄别这里面的凶恶。

据宿舍里的其他人说，当天老潘跑回来后，一直缩在被子里蒙头大睡，让人一点也看不出有何异样。就是说，朱莉原本还是有机会的，潘侯至少能去喊来救兵，但是好了吧，和一个雨人相爱，她就要付上常理之外的代价。

第二天中午警方送来通知，朱莉被四个男人挟持到教堂的废墟里轮奸了。更加不堪的是，原来这四个人中还有一个是朱莉在社会上认识的熟人。

好事者飞快地将这个消息塞进了潘侯的耳朵。那时他依然缩在宿舍的被子里。几个室友议论得上气不接下气，直到潘侯直挺挺地坐了起来，他们才大吃一惊地发现，原来这个人早上都没有去上课，一直在被子下藏了十多个小时。露出头来的潘侯立刻和这个世界诀别了。他从架子床上跌下来，用头而不是用身体，目标明确地向着地面栽去，只一下，就陷入了昏迷。这个雨人回到了他的勇捷和无畏，没有再如同一个正常人那样泪水涟涟。

潘家的人闻讯而来，把他抬回了家。但是他一苏醒过来，就坚定不移地用那颗大头去撞击一切坚硬的东西。他憎恨他能够看到的一切。王秘书在情急之下想到了我，可我还是来晚了一步。

潘家动用了一切力量，大批身份不详的人云集在那座俄式大院内。命令和指示发布下去，由于力度太大，反而使得反馈回来的消息过于芜杂，结果花了巨大的精力一一落实后却都扑了空。两天后，最可信的一条线索来自西郊。有个起早到地里劳作的农民证实说，他在当天清晨看到过一条大汉从田间飞奔而过，外貌、衣着和潘侯都能对上号。

"遇到鬼咯！这个人一路跑一路哇哇叫：火——火——火——"农民打着手势，作出疯癫状，诚然是在模仿一个疯子，"我还以为哪里着火哩，向他喊哪儿呀哪儿呀，可他一溜烟就没影啦！"

看来是没错了。

我已经在潘家守了两天两夜。是王秘书要求我这么做的，他的口气让我感到如果拂逆他的意思，我这个穷学生就得冒着和整个世界对抗的风险。且不说对于潘侯的牵挂，这时让我也击碎玻璃跳楼而去，我是一定做不到的。

潘侯的父亲沉郁地立在楼前的台阶上，讲了一番类似动员的话，大队人马便出发了。形形色色，这支队伍足有二三十人，开着七八辆车，带队的是王秘书。令我吃惊的是，我居然在同车的一个警察不经意暴露的腰间看到了枪。在我眼里，这把枪让此番行动的性质变成了一场围捕，而老潘则悲剧性地成为一头苍凉的困兽。

那时候城市远没有今天这样臃肿，出城几里就是散落的村庄。而这样一支车队，也称得上是兴师动众。我始终有种梦幻感。当我坐在车里闭上眼睛的时候，毫无道理，有一条似曾相识的小狗撒着欢地向我奔来。它跑得心花怒放、眉飞色舞，两条后腿几乎都要从胯上甩出去了一样，可就在即将投入我的怀中之际，却突然倒地，肚皮圆圆地朝着天，一命呜呼。我仿佛沉睡了一场，醒来后恍然记起，这条命运多舛的小狗曾经被我和老潘谈及。

队伍出了西郊一路撒网，很快就在一个村子得到了确切报告。当地村民遇到了潘侯，他向人家讨水喝。我们赶过去时，村民指着远方一片高粱地说：

"走啦，大概还没走多远。"

我从这句话里看到了潘侯的处境：他是在走，不是在跑。他已经精疲力竭。

那片足有一人多高的高粱地一望无际，将天边染出一种结核病人脸上所特有的潮红。风吹草动，成熟的穗子宛如一把辽阔的大扫帚，从容地扫荡着低垂的天空。当地政府的领导早早就到了，随即发动村民协助我们，呈扇面向着高粱地的纵深开进。

这片高粱地远看是一回事，近看又是另一回事了。我觉得它们简直就是一个军团有着共同意志的士兵，纪律森严，僵直而又莽撞地站立在眼前，深入它们，简直就是挑衅和冒犯。大多数村民并不明白自己在做什么。但他们似乎印证了我的想法，把此事赋予了战斗般的激情，几乎人人手里都握上了武器：锄头、砍刀，最不济也是一根浑圆的棒子。王秘书似乎无意于纠正大家的错误情绪，他显得有些神不守舍。两天来这件事在潘家造成的震动几乎让他一个人背负了。我从未置身过这样的队列，混迹其间，自然有股赝品般的忐忑和恍惚。我多少可以理解王秘书，也许当他打盹的某一刻，脑子里也会像我一般跑出小狗之类的莫名往事，并且变本加厉，他还会对着这些莫名之事下达命令说：

"搜！"

午后的田间蒸腾着一股沉闷的地气。成熟的高粱更是有股发酵一般的酸味，几乎要令人生出醉意。这么多人撒进去，就像一把盐扔到了沸水中，顷刻便被农作物吞没了。虽然身边有着这样一支大部队，但闯进这片密密匝匝的高粱地的瞬间，孤独感便立刻包裹了我。仿佛天地间只有自己在徒劳地跋涉，孤军奋战，从密不透风的境地里努力地钻出去。我一度甚至绝望地认为，自己也许永远就出不去了。周边窸窸窣窣地响作一片，起初这声音还是四下有人的一个确据，但逐渐，它们就混成了天地本来的声息。这种声息没有准确的象声词可资形容，不是哗哗，不是唰唰，如果非要有个说明，只能勉强被称为是哗唰哗唰。

哗唰哗唰。一切如此漫长，一切似乎永无止境。我渐渐不能确定身处的现实，我想，我可能只是像条小狗般地奔波在某个庞然大物的梦境中。

就这样摸索了很久，当我已经彻底忘记了此行的宗旨时，抬头就看到了潘侯。

他离我不过几步之遥。高粱的枝叶凌乱地分隔着我们，阳光被它们摇碎，在我们之间这个局部的微小世界动荡地跳跃着。我没有一丝的震惊与激动，仿佛我们早有约定，仿佛我这一路跋涉就是在走向这样的一个局面。潘侯也如我一样宁静。他逆光而立，不动声色地站在几步之遥凝视着我，嘴里衔着一根草，额头上布满乌青黑紫的撞痕，双手插在上衣口袋里，而那件条绒上衣几乎已经成了一团烂布。他的眼中并没有一个被追逐者的惊恐，反倒有些气定神闲和慢条斯理，好像他躲在高粱地里不过是为了方便一下，而现在也已经一身轻松地得到了释放。天地的喧哗顷刻退去，我只听到他鼻息中那马儿般的轻嘶。

我们就这样对视着，直到潘侯的眼里渐渐浮上了诘问的质疑。

那种无形的力量在向我们压迫过来。毫无余地，我只能迟疑着举起了自己的左手，放在眼前，致敬般地向着潘侯示意。身后那股凶恶的力量和老潘逐渐谴责起来的目光都在勒令我作出如此选择。带着一种挽回和偿还的心情，我那尘世的逻辑已经破碎。我的立场和脚跟，在溃败般地动摇。潘侯即刻看懂了这个手势。他依然望着我，开始向后倒退，然后转过身，再一次回头望了我一眼，脸上浮现出一种近乎嘲弄又如同善意揶揄的笑容，随即拔腿訇然而去。

世界顿时恢复了它的噪杂。高粱们齐声呐喊，犹如怒涛。有人跟着大声叫嚷。那个警察从我身后蹿了出来，完全是虚张声势，他竟然将那把枪高高地举在脑袋上。四面八方都涌出亢奋的人。他们乌里哇啦地狂呼乱叫，个个奋勇当先，朝着潘侯逃逸的方向追去。之前大家还都本着爱护庄稼的心意，但此时却不管不顾地大面积践踏起来。高粱们中弹一般成批成批地相继倒下。我木然枯立，仿佛处于弥留之际，高粱的秸秆鞭笞一般扫打着我的脸。众声喧哗之中，我能够准确地区分出潘侯的脚步。只有他那兽蹄踢蹦地般的脚步声目标明确，毫不动摇，渐行渐远，在我默数到二百步时骤然遽转，就像收音机突然跳台，换了个毫不相干的频道，朝着左面绝尘而去。于是南辕北辙，那些杂沓的脚步被晃在了一边。当他们再次调整好方向时，这个雨人在他的路径中衔枚疾进，已经风卷残云般地从大地上掠过，就此失去了踪迹。

搜寻潘侯的队伍无功而返。一路上王秘书的脸上愁云密布。这个精干的秃顶好像看出了什么破绽，一有机会就偏执地盯住我，发出大有名堂的喟叹，仿佛在翻来覆去地提醒我错失了多么宝贵的机会。我认为这个人和我一样，都崩溃了，他不但无法邀功，而且无法交代，怎么会在眼皮下活生生地弄丢了猎物。他该怎样才能让大人物们明白，追捕一颗方向感与常人迥异的心，就好比是捕风与捉影。尽管他的确是尽职尽责了，率队继续又向西搜寻了几十公里。

进城后我要求中途下车。使我感到难以理解的是：这支车队在我身后隆重地停了好长一段时间。我一个人往前走，但能够感觉到以王秘书为首的几十双眼睛颇为哀怨地在背后目送着我。这让我几乎走成了一顺子，手和脚都不知道该如何安顿。王秘书什么意思呢？这是按照他职业经验的常规这么办呢，还是他特别赐给我一个仪式，用以哀悼我这个年轻人就此逆转的命运？风卷着树叶打转，空气中全是尘土的腥味。当年的路人和今天的路人毫无二致地在街上来来往往。我竭力避免着那种想要席地躺下的愿望将自己当街撂倒，一边饯直地走，一边倔强地吹起了口哨，吁吁啦啦，节奏拖沓得难以成调。

几个女生中的积极分子陪在朱莉身边。我形神涣散地去医院看朱莉，她们见到我，就像见到了所有猥琐的男性一般，同仇敌忾地鄙夷着我。朱莉蜷缩在白色的被子里，就像包裹在一堆单纯的不幸当中，两颗颜色本来就很淡的眼珠几乎已经完全成为透明的。她长久地保持一个动作。我发现，那是因为稍一动，就会有大量的眼泪流出来。经历了一场浩劫，她的眼眶成为一个盛满液体的容器，稍微倾斜，就会流溢。直到这个时候，我依然认为潘侯才是这个事件最大的受害者。不同程度，我和朱莉都有着教唆与加害的嫌疑。尽管此时的我差不多有愿望去宽恕包括自己在内的一切人。

我好不容易理出点儿头绪，打起精神对她说："朱莉你不要恨老潘，他不是我们这个世界的人。"

说完这话，女生们控制不住地嘘起来。我猛然觉得这间病房正悬浮在世界的另一头。

朱莉却笑了，昙花一现，从肉体的戕害中飞离。她先是辨认了一下灰头土脸的我，然后身体保持不动，手臂难度极高地屈伸在枕头下面摸来摸去，却一直摸不着要拿的东西，于是向上挺直身子，露出了半只乌紫的乳房，最终才亮出了那本黑壳的笔记本，塞在我手里。

"我怎么会恨他呢？"朱莉就这么惊讶地反问着我，语气像是在嗔怪一个对浅显常识都很无知的顽童，她拖长了声音，循循善诱地对我说："我——爱——他。"

说完她瞪大那双透明的眼睛去寻找女伴们的目光，似乎要为我的无知而向她们致歉。结果那几位大义凛然的女生反而纷纷躲避着她的扫视。

　　我抱着那本黑壳笔记本从病房里出来，整座城市被昏蒙的黄沙笼罩着。这个本子我惦记已久，如今打开，我在它的扉页看到了这样几行献词：

　　我总是向着坚硬撞去

　　有一天我撞向了你

　　从此世界打开了一道柔软的缝隙

　　在漫天的黄沙中，就像那天夜里的朱莉，我也终于抱着肚子蹲在路边痛苦得不能自已。就像硫混进了磷，或者锰遇到了汞什么的，我的体内也化学反应般地经历着那种无以复加的瓦解和裂变。我的影子软弱地跌落在地上，年轻但已经浑浊。我恐惧地发现，就在我的面前，我的青春已经瘫痪了。我年轻的身体里已经有了尘世的痼疾，习惯于把无限丰富的生命归纳到几个庸俗的公式里，对别人和自己的爱情都充满了低级的怀疑，在还未迈出校门的时候，就怀着离丧的心情，只相信了欲望与诡计。

二十年的时间可以改变什么？朋友，敌人，交错的阳光和云影，万物熙熙攘攘，如果没有被记录在潘侯的那本黑壳笔记本里，那些先前的或是末后的，最终都会蒸发在子虚乌有的岁月里。

——而谁会在这个世界为我们数算日子？

我留在了西大。当我在那片高粱地里向潘侯举起左手时，就已经与这个世界的坦途作别了。大客厅、钢琴、枝形吊灯之类的美梦当然与我无关了，更遑论什么沉默的保姆，那简直就像是一个讽刺。成排的书柜倒是弄到了手，不过却因此更加压迫了我栖身的空间。潘侯让我所经历的一切，使我过早地感受到了造物的严酷与神奇。这很要命。我认为差强人意，自己能够比较正确地教育我的学生，提醒他们别老想着大客厅之类的玩意，这只会让你失望。

依然是上天作弄，朱莉成为我的妻子，当然，你也可以将此视为如愿以偿。我们有了自己的儿子，学会了接受和承受。有时不免也会萌发逃之夭夭、浪迹天涯的念头。飞机我们还是没坐过，不是坐不起或者没得坐，实在是因为在这个世界没有一块地方值得我们爬上云端——飞过去。

那片上帝的废墟已经被改造成了闪烁着欲望火焰的酒吧，但是依然有鸟在它高耸的尖顶之上盘旋。那些天空上的事物依然如故。

我第一次见到潘侯时，他除了将我定义成为一个唐朝人，还将我概括成"忧郁"。这一点，回想当日的情形，我自己都找不到凭据。我忧郁了吗？似乎没有。但是，当我读到潘侯的这一段记录时，毫无余地，只能顺从在他的定语里。仿佛一切并不以人的意志为转移，当你在一个雨人的眼里是忧郁的人时，你就必定无法转圜地忧郁。

而朱莉在潘侯的笔下，最多被冠以了——谜。多年来她一直被痛经所困扰，这个硫混进了磷，或者锰遇到了汞什么的顽疾，在我眼里，好了吧，也宛如谜一般可畏。

我们当然会时常想起老潘。在我的想象中，这个人当然是在栉风沐雨。朱莉很少作抽象的评述，这个如今只穿平底鞋的中学物理女教师，安静地活在由记忆延续而来的当下之中。就是说，朱莉成为今天的朱莉，是历史原因形成的。

我曾经带着朱莉回访过那片高粱地。初冬时节，收割后的土地满目疮痍，覆盖着一层薄薄的白霜。一切都被抹去了，让我的记忆都变得十分可疑。我从未对朱莉提及过，那天在这里其实我原本可以把老潘给她带回来。因为对此，我自己都渐渐没有了把握，不能肯定地说出，这不是出自我弥留时刻的呓语。同时，面对着朱莉，我当时的动机，也经受不起这样的拷问。

每天清晨我们都一同在校园的操场上慢跑。我不止一次想要突然发力，但身旁的朱莉一次又一次以她历史原因形成的冷凝矫正了我的步伐。我们就这样雷打不动地跑了将近二十年，我也慢慢觉得这个朱莉，嗯，是挺矫健的。

潘家没有停止过对于潘侯的找寻。一度，在我们这座城市的政界，散布着这样的一个传闻：只要你能找到某一位失踪者，你便会得到隆重的提拔。但我已经被隔绝在这件事情之外了。这件事情于我，永远只限定在了虚拟的意义里。

我在一张虚拟的大幅地图上追踪着潘侯行进的路线。众所周知，面对着地图，我们的左边是西方，他就这样一路向西漫游。我那想象中的红色铅笔一路向左，向左地拐出去。我想知道在红色铅笔的箭头抵达终点之前，是否会有那么一个瞬间与老潘的步履重合在一起。倒是校门口潘侯留下的那只足印，部分满足了我的这点臆想。它差不多已经被磨平了，更多的只是在我的记忆里栩栩如生。有时趁着四下无人，我就会将自己的一只脚踏入那个足印。那时候我通常是有些鬼祟的，举起的那只脚试水般地落下去，浅尝辄止，稍有感触便飞快地收回来。我是真的像一个老家伙一样，害怕自己这一脚踏进去后，就跌进颠沛流离的壕沟里永远回不来了。那么我是在凭吊或者缅怀什么吗？不是。我只是快快地表达一下自己的抗议。至于抗议的对象为何物，例举起来就颇费踌躇了。

我常常会生出潘侯就在附近的念头，和我隔了一条街，或者就在人行道拐角的另一端。为此我常常在大街上被一些擦肩而过的流浪汉所吸引，只要他雄健高大。我发现，在我们的城市里这样的人物还真是不少。某一天我情不自禁尾随这样一个人物到了一家小旅馆，他进去了，正当我准备离开时他却从同一扇门又走了出来。此人刚才一身褴褛，转眼却衣冠楚楚，判若两人。为了让自己平静下来，我险些进到这家小旅馆登记一个房间稍事休息。但我没这样做。我怕自己从这个魔术盒子里钻出来时也变得面目全非。

有一年校庆，学校征集来大量的老照片搞展览，一位当年的有心人提供了一张珍贵的照片。在这张照片中，若干位油头粉面的小老头和穿着裙子的小老太太坐在那间曾经名动一时的小餐馆里，各自安静地面对着自己眼前的豆腐白菜。毋庸置疑，画面的中心正是当年的潘侯。他侧坐在镜头最边缘的角落，却理所当然地统摄着画面的精神气质。当年的老潘坐得直挺挺的。多么令人惆怅啊，在他的比照之下，这张黑白照片中所有的年轻人，都是如此苍老。

前年我带着学生们去邻近的一个县实习，县委书记拨冗接见我们。当这位地方首脑出现的一刻，我几乎要在瞬间失控。他大步流星地向我们走来，在我眼里，全是潘侯的音容笑貌。他只差撞在墙上了，正是因为这一点，才没有令我失态。他叫潘伯，原来潘侯还有这样一位孪生的兄弟。这位兄弟就像他们的父亲一样，让人在其面前总是有种被宽大了的滋味。我成功地克制了自己，没有在其后的酒桌上向这位潘伯去打听那一位潘侯的消息。但我不能不想起我的老潘。显然，如果老潘也能大步流星且毫无阻碍地行走在这个世界，他的道路也必将是顺达与通畅的。

但是老潘你原谅我，我还是愿意将你定格在栉风沐雨的路途上。那本你遗留下的黑壳笔记本不久就被我填满了。我找了外观大致差不多的本子继续写。我尽力模仿着你的语速和文风，但是里面的差别却是心知肚明。当你将我记录成"唐朝人"时，绝对没有幽默的意思，同样，当你记录某人望天而"天上有云"时，同样也没有抒情的念头。你只是在勤奋地记录，没有哲学野心，不过是给这凌乱的世界定定位，本着与之建立起一座桥梁的恳切。而对于我这个学中文的，提起笔来先要杜绝虚构，杜绝幽默和抒情，实在不易。何况，当我耽于这样的记录时，更多的动机是出自于——遁离。我所做的，不过是给自己整理出一份索引，按图索骥，好让自己逃逸到世界的背面。于是，如上事实这样进入了我的黑壳笔记本里，他们就此也会如同那条我们曾经谈及的小狗，在不经意的时刻，被我们悒郁地想起：

某日，流浪汉，小旅馆，摇身一变。

某日，校庆，照片，苍老。

某日，县领导，谈笑晏晏，酒量很大，酒后憔悴。


浮想中，二十年后，当潘侯再一次站在我面前，他一定毫无改变，穿着条绒外套和懒汉鞋，双手插在上衣口袋里，嘴唇不自觉地拳缩着，仿佛随时要吹起口哨来的样子。他开阔的额头保持着勇于撞向任何一面南墙的坚实质地。这个上帝遴选出来的孩子终获全胜，他活在时间的褶皱之外，不受岁月的拨弄。

我们面对着面。校园里从来没有像此刻这般阒寂，宛如一座渺无人烟的空城。

这个从天而降的人告诉我，他一直在奔跑，跑了无数个二百步。

"知道我是怎么找回来的吗？"他举起自己的左手，响亮地说，"向左！向左！"

还是众所周知，一个人这么一往无前地跑下去，必然会跑回自己的起点。地球啊，是圆的。

"你别站在风里头！"

他突然严厉地断喝了一声，仿佛要把我从现在解救出来。仿佛我这么百感交集地看着他，这么心照不宣，这么眼巴巴的，就是在等待他给我鼓气，帮我跨出这一步。有那么一阵子，我真的看到了有一条灼亮的弧线温柔地横亘在我们之间，也真的感觉到了那种即将濒临的自由。

但我该怎样才能蓄积出那股冲刺的决心？

真让人伤心，我这个学中文的，尤其在日益成为一个学中文的老家伙后，只能以这样的方式结束我的回忆：不过将一切写成了一篇寓言。而在所有的寓言里，岂不是总有这样一些人，只能如此不合时宜地相继到来与离去。

天上的眼睛

那只鸡一直藏在我家冰箱里。它被冻得硬邦邦的，爪子竖起来，脖子和头笔直地昂着，二目圆睁，冰霜给它的眼珠蒙上了一层白翳。它翘首以盼的样子，就像我一样。我想，它要是在被宰杀之前，聪明地闭上眼睛，一定就不会是这副死不瞑目的难看样子——那个卖鸡的人手艺非常好，刀子一抹，就干掉了它。所以说，死并不会给它带来痛苦，让它魂飞魄散的，只是它的眼睛。它看到了刀子，看到了自己喷溅的血，而一只注定了要死的鸡，是不该看到这些的，它看了不该看到的，就活该它痛苦。

　　不是吗，我要是懂得闭上眼睛，一切就不会是这样的。

　　可那时候，我并不懂得这个道理。

　　下岗后我做了许多活计。我去超市做过送货员，在街边摆过旧书摊，还在自己家里办过"小饭桌"，但做得都不成功。我所说的成功，当然不是指那种大富大贵的成功，我对成功的理解是：只要每月挣回来政府发给我的"最低保障"就行，那样我就等于有了双份的"最低保障"，我家的日子就会真的比较有保障了。可是我做了这么多活计，居然没有一次挣到那个数目。后来政府照顾我，把我安置在街道的"综治办"里。"综治办"里都是一些和我一样的人，大家在进来之前都做过一些五花八门的活计，而且做得都不成功，所以就都有着一颗自卑的心。在"综治办"，我们穿上了统一的制服，袖子上绣着很威风的标志，每人还配发了警棍，你不仔细看，就会把我们当成公安。戴着袖标拎着警棍的我们一下子伸直了腰杆，觉得自己重新站立了起来，心又重新回到了以前的位置。而心若在，梦就在，有了梦，我们就生活得有滋味了。我们干得很欢实，风雨无阻地巡逻在大街小巷，目光炯炯地注视着一切可疑分子。在我们的守望下，街道上的治安一下子大为改观了，我们震慑了那些做坏事的人，为社会作出了贡献。这是多么好的事情，我们不但找回了自己存在的价值，而且每个月还有五百块钱的工资可以领！

这样好的事情我当然是懂得珍惜的。我负责一个菜市场，说实话，那里真的是比较乱，有一群贼混在里面，他们把大钳子伸进买菜人的口袋里，夹走钱包，夹走手机，

有时候被发现了，就干脆公然抢劫。我家金蔓就被他们偷过。那天她提着一把芹菜回家，菜还没放下就开始摸自己的口袋，她摸了摸左边的口袋，又摸了摸右边的口袋，来回摸了几遍后就叫起来："完蛋了完蛋了，钱被夹走了，钱被夹走了。"

当她又摸了几个来回，确定真的是被人把钱夹走了后，就诅咒说："这帮天杀的，要是被我发现了，一定掐碎他们的卵子！"

可我说："千万不要，这帮人恶得很，郭婆的事你忘记啦？"

郭婆是我家邻居，她在菜市场被人夹走了钱，发现后迅速追上去讨要，结果被那个人的同伙用刀子捅在了屁股上。

我这么说，当然是为了金蔓好。我怕她吃亏，真的被刀子捅了屁股或者其他地方，可怎么好？而且我也知道，金蔓被夹走的也不会是很多钱。金蔓口袋里的钱是不会超过二十块的，我们夫妻俩的钱有时候加在一起，也不会超过二十块。我是在心里算过账的，我认为万不得已的时候，损失掉那二十块钱还是比较明智的。金蔓却不理解我的苦心，她吃惊地看着我，眼睛里就有了火苗。

金蔓说："那你说怎么办？我就眼睁睁地看着他把我的钱夹走？"

我说："也只能这样吧。"

我教她："最好的办法是你捂紧自己的口袋，让他们夹不走。"

"你说得容易！我一只手要提菜，一只手要付钱，难道还能再长出一只手来捂口袋？"金蔓火了。

我看出来了，她是把对于贼的愤怒转移在了我的身上。

我说："我这不是为你好吗，最多就是丢掉二十块钱，你和他们拼命，划不来嘛。"

我还想说："难道你的命只值二十块钱？"

但金蔓吼起来："二十块钱！二十块钱！你一个月挣几个二十块钱！"

她这么一说，我的脑袋就耷拉下去了。我想金蔓没有错，换了我，为了二十块钱，说不定我也是会和人拼命的。

所以，当我成为一名综治员后，对于自己巡逻下的这个菜市场就格外负责。我知道那些贼偷走的不只是一些钱，有时候他们偷走的就是人的命。

但那帮贼根本不拿我当回事，他们无视我的袖标和警棍。我在第一天就捉住了一个长头发的贼。这个贼聚精会神地用钳子夹一个女人的口袋，我在他身后拍了他一把，他不耐烦地扫过来一只手赶我走。我又拍了一下，他居然火了，回过头来瞪着我。这太令我吃惊了。我的性子是有些懦弱，尤其在下岗后，做什么都不成功，就更是有些胆小怕事。所以当这个贼瞪住我时，我一下子真的有些不知所措。我被他瞪得发毛。我抬了抬自己的胳膊，为的是让他能够看清楚我胳膊上的袖标。他果然也看到了，凶巴巴的眼神和缓了不少。这就让我长了志气，我一把揪在他的领口上，想把他拖回"综治办"去。我手上一用力，就觉得这家伙根本不是我的对手。我做了那么多年的工人，力气是一点也不缺乏的，我们工人有力量嘛。这个时候有人在身后拍我的肩膀，我也不耐烦地向后扫手。我的这只手里是拎着根警棍的，所以扫出去就很威风。但是我扫出去警棍后，依然是又被人拍了一下。我只有回过头去了。我刚刚回过头，眼睛上就被揍了一拳，直揍得我眼冒金星。然后就有人劈头盖脸地打我。我能感觉出来，围着我打的不是一个人两个人，是一群人，那些拳头和脚像雨点一样落在我身上。我被打懵掉了。即使懵掉了，我也没有松开那个已经被我揪住了的贼。我一直揪着他的领口，把他揪到我的怀里，抱着他的脑袋，让他同我一道挨打。他的同伙看出来我是下了蛮力了，如果我不死，我就会一直抱着那个脑袋不放的。所以我就吃了一刀。

那把刀捅进我的肚子，拔出来时我觉得自己身体里的气都漏掉了。

这件事情我一点也不后悔。

因为我被送进了医院，一切费用都是公家出的。我还得到了奖励，"综治办"一下子就发给我三千块钱的奖金！所以我虽然也挨了刀，但比起郭老太屁股上挨的那一刀，显然要划算得多。我挨的这一刀引起了相当的重视，公安采取了行动，当我重新回到菜市场时，这块地方就干干净净的了。那群蟊贼荡然无存，天知道他们躲到哪儿去了。我巡视在这块自己流过血的地方，像一个国王一样神气。菜贩们都对我很友好，有些经常来买菜的妇女知道我的事迹，也对我刮目相看，态度都很亲热。

那一天我依旧在市场里巡逻，就有一个妇女热情地对我打招呼。

当时她手里提着一只鸡，她把这只鸡举在我眼前说："小徐，买只鸡吧，这鸡很好的，是真正的土鸡。"

我笑着对她点点头。我点头本来是什么也不代表的，只是客气一下。

没想到，她身边那个卖鸡的人立刻就说："好的，徐综治员，我给你挑只精神的！"

然后他就动手替我捉住了那只鸡。那只鸡塞在笼子里，挤在一群鸡当中，精神抖擞地伸着脖子。它这么神气，当然就被捉了出来。卖鸡的人手脚麻利，将它的头和翅膀窝在一起，举着那把尖刀就抹了过去。他的刀还没落在实处，那只鸡就疯狂地挣扎起来。它一定是看到那把刀了，知道那是来要它命的。我都来不及说话，这只鸡喉咙上的血喷溅出来，咯了半声，就死掉了。一会儿工夫它就被收拾成了另外的一副样子：光秃秃的，就好像人脱了衣服一样。卖鸡的人抓着它的脚，在水桶里涮一涮，不由分说地塞给我。

我说："我不要我不要！"我连忙拒绝，举着手里的警棍摇摆。

但他坚持要塞给我，并且一再表示不收我的钱。我就动心了。本来我的口袋里是没有能够买下一只鸡的钱的，现在不用付钱就可以得到一只精神的土鸡，实在是很诱人。

随后我就拎了这只鸡回家。我总不能一手拎着警棍，一手拎着这只鸡工作吧？回去的路上我还想，哪天我口袋里有足够买一只鸡的钱了，我就一定把账付给人家。我是不会利用职务的便利去索取好处的，我不能对不起政府发给我的警棍和五百块钱。


那天我拎着一只鸡回家，快走到自家楼下时，心里突然焦躁起来。我的心慌慌张张的，有一种没着没落的感觉。我不知道这种感觉是怎么来的，只是觉得烦闷。我上到楼上，用钥匙捅自家的门锁。我捅了几下那门都没有被捅开，我都觉得是自己找错门了。我把那只鸡放在脚边，把警棍夹在胳膊里，继续去捅。这样捅了很长时间，门却突然从里面打开了。

我家金蔓站在门里，向我嘟哝说："你干什么回来了，你不好好巡逻，跑回来做什么？"

她一问我，就把我要问她的话憋回去了。本来我是要问她的，早上她明明出门去布料市场了，这会儿怎么却躲在家里？我把脚下的鸡拎起来让她看。我原以为她会为这只鸡吃惊的，我想她会是高兴还是生气呢？她多半是会先生气吧，埋怨我居然会奢侈地买回来这么好的一只鸡。不料她扫了那只鸡一眼，就自顾自地扭头进了屋。

这个时候我就开始起了疑心，心里面说不出地别扭。

我把那只鸡放进冰箱里，准备重新回到菜市场去。走到门口了我又折回来。

我问金蔓："你不去上班，跑回来做什么？"

金蔓坐在梳妆镜前化妆，她说："我回来拿样东西。"

我说："你反锁住门做什么？"

"谁反锁门了？谁反锁门了？"金蔓突然怒气冲冲地嚷起来。

我闷头又回到屋里，坐在沙发里看她。我觉得胸口很难过，有些上不来气。

我说："金蔓你倒杯水给我喝。"

金蔓回头疑心重重地看了我一眼，终于还是倒了杯水给我。

我捧着水杯，咕嘟咕嘟喝了几大口。在喝水的过程中，我的眼睛也没有闲着。我把我家的屋子看了个遍，随后我就鬼使神差地走到了我家那张大床前。我把家里看了个遍，觉得只有这里是个死角。我就像受到了老天的启发一样，毫不留情地掀开了那张床的床板。

　　起初我以为是自己的眼睛花了，因为我眼睛看到的，绝对不是我愿意看到的东西。事后我也想，要是当时我真的以为自己看花了眼，那该多好。我就会把床板放下去，继续回到菜市场去巡逻，那样一切就不会闹到今天这样的地步。可当时我却揉了揉眼睛，定神去看我不愿意看到的东西。我以为那是一块大海绵，它蜷在床板下面的柜体里，颜色也真的是和一块海绵差不多。即使我揉了揉自己的眼睛，也直到它动起来后，我才发现那居然是一个人。

　　那个蜷在我家床下的男人坐了起来，他只穿了一条裤衩，所以我才把他身体的颜色当作了海绵。他一坐起来，反而将我吓了一跳，我不由得就往后退了几步。


　　我家金蔓和我是一个厂子的，当年我们皮革厂是兰城数得着的好单位。所以我们家也是过了一段好日子的。可是好日子说完就完，就像一个人走在街上，毫无防备地就被卷进了车轮下面，一切都由不得你。

日子不由分说地就变了样，这件事情教育了我和金蔓，让我们懂得了什么事情都要提前往坏处去想的这个道理。我们明白了道理，日子却过得更加困难。我们变得不敢憧憬了，变得战战兢兢，总是觉得还有更坏的日子在后面等着我们。有时候我为了给金蔓打气，就违心地说只要我们努力奋斗，日子终究是会好起来的。每次我这样说，金蔓都会冒火，她说这种话你自己信吗，我们凭什么去奋斗？有一次她的心情格外不好，干脆就狠狠地说："倒是我，还有去做鸡的机会！"金蔓说出这种话，我当然难过死了。她都是四十多岁的女人了，我们的女儿青青也是十五岁的大姑娘了，她却说出这种话。

我心里面并不责怪金蔓，我理解她，她下岗后也和我一样，也是做什么活计都不成功。她去别人家做过保姆，去商场做过保洁员，每一次都做不久，她看不得那些白眼，她的心气比较高。

所以我还是要经常给金蔓打气，说一些连我自己也不敢相信的话。因为我爱惜金蔓，如果连一些好听的话都不能说给她了，我会更内疚的。我也看出来了，虽然每次金蔓听到我的空话都会发脾气，其实她的心里也是需要听到这些话的，她也需要借这个机会发泄出来，她也需要有个人总在她的耳朵边说一些空话。

我们都变了。以前是我的脾气比较大，而金蔓是比较温柔的。如今好日子过去了，我就要还上以前欠下她的了。

我这样不断地给金蔓打气，大概感动了冥冥中的什么，我们的日子就有了一些转机。先是我被安排进了"综治办"，接着金蔓也找到了一份不错的工作。金蔓在一家布料批发市场替人卖布，这个工作比较适合她。有一次我去看她，恰好有人在她的摊位前扯布料，那人一口一个"老板"叫着金蔓，跟她讨价还价，这让金蔓很是受用，我看出来了，她也是把自己当作一个老板来看待了。我替金蔓感到高兴，她既可以挣到钱，又可以享受做老板的滋味，当然是件好事情。

而那个真正的老板，我也见过。他是个姓黄的南方人。在我的印象里，兰城所有卖布的老板似乎都是南方人。黄老板的生意遍布兰城的东南西北，所以他基本上是不守在摊子上的，我去看过金蔓许多次了，只遇到过他三两面。

他斯斯文文的，说话当然是南方的口音，而且还将我称作"徐先生"。他用南方话叫我"徐先生"，还让烟给我抽，我对他的印象就很好。

后来有一次黄老板开着车子送金蔓。那天金蔓买了一袋米，还是他帮着提到了我们家。黄老板在我们家屁股还没有坐热就走了，金蔓下去送他，却送了足足有半个小时才上来。我隐隐约约有些不高兴，我对金蔓说以后不要让人家送了，毕竟，人家是个老板。金蔓莫名其妙地又发火了。

金蔓说："你也知道人家是个老板呀！"

这之前金蔓已经有一段时间没对我发过火了，所以她答非所问的，我也就没敢再吭声。

我说了，我对黄老板的印象很好，而且，人家毕竟是个老板，所以那天当他光着身子从我家床下爬出来时，我在一瞬间就有点儿不知所措。我的脑子里一片空白，竟然在这个人面前还有些卑躬屈膝。好一阵我才回过神，回过神来我第一个动作就是抡起了手里的警棍。那根警棍一直就拎在我手里，这时候就派上了用场。这时候要是我手里拎的是一把刀，我也是会抢起来的。因为我眼睛都红了，杀人的心都有了。

可是我家金蔓却拦住了我。她挡在我面前，准备用她的头迎接我的警棍。即使我都有了杀人的心，对金蔓我还是下不去手。可是我恨呀！我就换了另一只手上来，一巴掌掴在她脸上。我家金蔓的皮肤很白的，我的那一巴掌立刻给她的脸上留下几根指头印。她挨了打也没有退缩，她宁死不屈地瞪着我，反倒是我软了下来。我的眼泪忽地流了出来。

我说："金蔓这都是为什么呀？"

金蔓不回答我。她能回答我什么呢？她做了这样的事情，她还能怎么回答我呢？她一言不发地横在我面前，身上的香味我都能闻得到。我想这是我老婆呀，如今却被别人搞了。金蔓身上的香味，她瞪着我的样子，这些都让我的心碎掉了。

那个躲在金蔓身后的黄老板趁机穿上了他的衣服。他穿上了衣服后，就像一只死鸡又插上了羽毛，一下子就变得神气了。我们夫妻俩僵在那里，他却坐到了沙发上，还点了一根烟抽起来。

这个时候我杀人的心已经没有了。我浑身都变软了，连举起那根警棍的力气都没有了。我心里想的是：你们在哪里搞不好，黄老板那么有钱，你们可以去宾馆，去更舒服的地方，为什么非要搞到我的家里呀？我都委屈死了，很想抱着金蔓大哭出来。我太需要她能给我个交代，如果她能软下来，对我说些好话，我想我一定会感动的，说不定就原谅了她。可是金蔓一点也不软，她身子里像是打上了钢筋，硬硬地戳在那儿，倒好像是我做了亏心的事。

我只有拖着哭腔向他们吼道："滚——"

我让金蔓滚，她就滚了，再也没回来。

我一下子垮了。以前过好日子的时候，我和金蔓也吵架。那时候我比较凶，可我让金蔓滚她也是不肯滚的。现在我的这个家少了金蔓，我才发现我有多离不开她。金蔓即使再不好，也撑着我们这个家的天，她知道给家里买米买菜，而米和菜，就是一个家的天啊。尤其是我们这样的家，少了个女人，就更加承受不起。除了米和菜，有金蔓在，我就会觉得踏实，觉得日子还是两个人在熬，如今只剩下我一个，就觉得自己很孤苦，日子真的是没有了指望。

没有人安慰我。我把事情的来龙去脉告诉给自己的女儿青青，她却说："也怪你，你装作看不到，不就没事了吗？"

我很吃惊，青青怎么能这样说呢？难道她在学校就是这么学知识的吗？她怎么连一点是非的观念都没有呢？

我说："我长了眼睛，怎么就能装作看不见呢？"

青青说："你可以当自己没长眼睛嘛，实在不行，就闭上眼睛。"

我愣在那儿，觉得自己的女儿变得连我自己都不认识了。也许是我不好，我不该把这种事情说给女儿听。可是我太伤心了，除了自己的女儿，我心里的苦该去说给谁听呢？我只有说一说，才会好受些。我觉得青青也是个大姑娘了，她的母亲不翼而飞了，想瞒也是瞒不住的。我看青青，觉得她也真的是个大姑娘了。不知道从什么时候起，她已经长得都和我一样高了，她还染了红色的头发，就像街上的大姑娘一样。尤其在她让我"闭上眼睛"时，那副说话的神气，就显得更加成熟了，像一个十分老练的女人了。

青青让我闭上眼睛，我只好去找大桂，她是我们厂子以前的工会主席。那会儿我们厂子还兴旺的时候，大桂就是我们工人的主心骨，她给我们争取福利，发鸡蛋，发菜油，多得我们吃都吃不完。我们心里有了疙瘩，也去找她，她是最会解疙瘩的人。大桂下岗后自己开了家小饭馆，她看到我还像以前那么亲热。我以为她会给我出出主意，没想到她给我出的主意也和青青差不多。

大桂说："这种事情现在多得很，你睁一只眼，闭一只眼，也就过去了。"

我说："大桂怎么连你也这样说呢？我不是个瞎子啊！"

大桂说："我们这种人，还是做个瞎子好，看不到烦恼的事情了，才能把日子扛下去。人家那些当官发财的可以心明眼亮，你要心明眼亮做什么？有些事情，你看不到，就等于没发生，金蔓还是你老婆，每天还会和你睡在一张床上，你非要去看，就只好倒霉了。"

我觉得大桂也变了，但是也觉得她的话有一些道理。我想"我们这种人"是哪种人呢？不就是一些让政府发"最低保障"的人嘛。一个拿着"最低保障"的人，好像是不应该有什么太高的要求吧。

大桂即使变了，也依然比较会解疙瘩，她让我睁一只眼睛，闭一只眼睛，起码还给我留了一只睁着的眼睛。

大桂的话我听进去了，我打算去把金蔓找回来。我现在真的愿意自己是个瞎子。我走出大桂的饭馆后，呆呆地在大街上站了很久。本来明晃晃的天，在我眼里都变成灰灰的了。

我向"综治办"请了假，一大早就去布料市场找金蔓。

去了以后我才发现，布料市场在10点钟之前是没人开业的。以前金蔓在家的时候，每天早上天不亮就会出门，现在想，她走那么早，当然是去会那个黄老板了。他们天天泡在一起，还要争取多余的那几个小时。想到这些，我的心里要多酸有多酸。

我站在空荡荡的布料市场里，无比伤心地等待着。

10点钟以后，布料市场开始热闹起来。我的耳朵边开始灌满了叽叽咕咕的南方话。那些卖布的老板都是些南方人，他们一边开自家摊位的卷帘门，一边嘻嘻哈哈地开玩笑，让人觉得他们的一天才是新的一天，是蒸蒸日上的一天。金蔓这时候也来了。她没有看到我，自己低了头也去开卷帘门。我一下子觉得这个女人和我远了，她好像已经成了一个和我无关的人，她正在开启的，也是新的一天，而这样的一天，是和我没有关系的。

当我站在她面前时，她也真的像一个陌生人似的看我。

金蔓说："你不要在这里闹，我要做生意的，你在这里闹，还会有人买我的布吗？"

金蔓以前来卖布是为了我们的家，可是现在，我觉得她卖布完全就是为她自己了，她把这当成了她的生意，在她眼里，这卖布的生意是比我重要许多的事情。

我说："我不闹，我是来找你回家的。"

金蔓说："我不回去。"

我说："你不回去你住哪儿呢？"

金蔓说："住哪儿用不着你管。"

我看到金蔓眼睛有些红，心里也难过起来。我苦口婆心地说："金蔓你不要糊涂，你是有家的人呀，那个姓黄的是在骗你，他只是占占你的便宜，他不会娶你做老婆的。"

金蔓的脸色马上沉下去了。她说："谁说我要做他老婆了？"

我说："你不做他老婆你和他睡！你这样做，不是把自己当妓女了吗？"

金蔓叫起来："我就是妓女！你走！"

她宁可承认自己是妓女也不肯和我回家。

我说这种话，并没有想把她惹怒，我是在劝她，是为了她好。

而她一叠声地赶我走："你走！你走！你走！"

我不走，但是也不敢继续说下去了。我来这里，并不是想要和她闹，我是想把她带回去。她发起脾气了，我就只好暂时先闭上嘴。

我在金蔓的摊位前找了个坐的地方，那是个旧花盆，里面的花早死了，只留下一点点枯枝。我坐在这个旧花盆的沿上，等着金蔓的气消下去。

金蔓招呼着上门的生意，脸上尽是笑，让我吃不准她是不是已经不生气了。看到她的生意好，我居然有些为她高兴。在她做完几笔生意后，我重新又站在她面前。没想到她脸上的笑忽地又跑掉了。

她挥着手说："你走！你走！"

我看她还是那么坚决，就只好又走回到那个花盆边坐下去。

中午的时候，那个黄老板来了。他手里捏着把车钥匙，一甩一甩地进了自己的摊位。我看到金蔓在对他说话，随后他就扭过头来向我这边望。

　　我的心情很复杂，对这个人既有些恨，又有些怕。我恨他是当然的，可我怕他什么呢？这连我自己也说不清。他从摊位里走出来，我就不禁有点紧张。好在他并没有走向我，而是和其他摊位的人聊起天来。一会儿工夫，他的身边就聚起一堆人，都是些三十多岁的男人，一个个都面色红润。他们用自己的家乡话说笑，声音很大，我连一句都听不懂。这时候我就知道自己内心里怕的是什么了。我是在这个布料市场里有了身在异乡的感觉，我虽然还在兰城，但是我一点没有当家做主的感觉。我明白了，现在的世道，谁有钱，谁就是城市的主人。

　　我一直坐在花盆上。这样整整坐了一天。

　　中午饭金蔓和黄老板叫了快餐，他们坐在布摊后面，当着我的面，明目张胆地一同吃。我什么也没吃，我也吃不下。我浑身一点力气也没有，不是因为饿，是因为心里的苦。

　　他们在下午4点钟就早早地收了摊，然后双双从我眼前走过去。

　　看到他们走掉了，从我的眼前消失，我居然有些如释重负。我觉得这一天非常难熬，非常漫长。他们始终在我眼睛里，我的心就拧在一起；他们不在我眼睛里了，我的心才稍稍宽展些。


第二天我依旧去了布料市场。和前一天一样，金蔓看到我还是那两个字：

"你走!"

我说："金蔓你不该这样对我，你还是我老婆不?"

我这么一说，金蔓就不赶我走了。她把脸扭到一边不看我。她不理我，我同样难办。我想和她说话，劝劝她，甚至去求她，但她不给我机会。我站在她的摊位前，又怕影响她的生意，所以只好又坐到那个花盆上去了。

我坐在花盆上想，我不能就一直这样坐下去，这样坐怕是把金蔓坐不回去的。所以我又回到了金蔓面前。

我说："金蔓你和我回家，我们回家好好说。"

金蔓并不理我。

我说："你这样总不是个办法，我们终究还是夫妻。"

她依然不理我。

我浑身颤起来，忍不住就动手去扯她的胳膊。她使了很大的力气把我的手甩脱掉。我就又去扯她，她跺着脚说："你走！"这时候我已经控制不住自己了，听她又说出这两个字，我的血一下子就涌到头上。我在手上使了劲，揪在她的衣领上，像捉一只小鸡似的把她揪了起来。金蔓死命地挣，她越挣，我的蛮力就越大。我把她拖了出来，一下子围上好多看热闹的人。金蔓哭号起来，伸手抱住了一捆布料，那样子就是要垂死挣扎的意思。我悲愤到了极点，她这副样子，好像就是我的敌人一样，我拖她，是要把她拖回家，而她，好像是我要把她拖进地狱去一样！

我拖着金蔓，金蔓抱着一捆布料，我把金蔓和布料一起拖出好几米。布料被抖开了，一部分抱在金蔓怀里，一部分踩在看热闹的人脚下面。

这时候那个黄老板来了，他从人堆里挤出来挡住我的去路。

他说："你们做什么？搞什么搞？这么糟蹋我的布料！"

我瞪着他，眼珠子都要掉下来。他糟蹋了我的日子，却训斥我糟蹋了他的布料。我一把就拨开了他，把他拨得一个趔趄。

这就算是我先动了手。我根本没有防备，我刚一动手，自己脑袋后面就挨了一拳头。打我的是几个南方人，他们都是黄老板的老乡，这个布料市场就是他们的，他们在这里嚣张得很。这几个南方人围住我打，那架势非常侮辱人。他们打得并不凶，看得出对于打人他们还不太熟练，但是他们又非常阴毒，其他几个人限制住我的手脚后，就有一个脱下了脚上的拖鞋来抽我的脸。拖鞋抽在我脸上声音非常大，啪的一声就抽出我一嘴的血。我嘴里的血应声而出，这个效果鼓舞了他，他就大张旗鼓地用手里的拖鞋抽起我的脸来。

我听见金蔓号起来："你们不要打呀！"

但他们继续打我。他们一边打，一边发出南方腔调的恐吓。我的耳朵边尽是那种叽里呱啦的聒噪。

这种聒噪在我耳朵边响了很长时间，我的嘴里充满了腥咸的血味，所以我觉得这种聒噪的腔调也有一种腥咸的味道了。

后来终于响起两嗓子我熟悉的兰城话："散开！散开！"

来的是两名保安。他们阻止住了对我的殴打，却不由分说地把我拖进了市场的治安室里。起初我以为自己遇到

114

了好人，毕竟我们都是兰城人，而且我也是一名综治员，在身份上和他们差不多。不料这两名保安完全不把我当自己人看待。他们连事情的缘由都不问一问，一进保安室就让我蹲下。不但让我蹲下，他们还让我把头抱起来。

这简直把我委屈死了。我咬着牙问他们："你们什么意思呀？干什么这样对我！"

他们说："你跑到市场里闹事，这么对你还是轻的！"

我说："我没有闹事！"

我还想说下去，却被他们一警棍戳在肚子上。

我疼得窝下腰，刚抱住肚子，膝弯又被一警棍扫过来。看来这两名保安打人打得是非常熟练的。这一下太狠了，我扑通一声就跪在了地上。然后那两根警棍就没头没脸地打过来，打得我满地打滚。

我被打怕了，叫着向他们告饶："别打了别打了，我会被你们打死的！"

他们说："打死你也是活该！谁让你跑这儿来闹事！"

我说："我不来了，我再也不来了还不行吗？"

这样他们才停手。我抬起脸，看一眼他们，满眼都是警棍！而那些警棍都是红色的。我的眼睛都被他们打出

115

血了。

我被他们关到天黑才放出来。放我出来前，他们还给我做了份材料。他们叫来了黄老板，却根本不问前因后果，只得出结论是我先动手打了人。他们抽着黄老板让给他们的烟，命令我在那份材料上签字。这明摆着是在冤枉我，可我也只能签了那个字。

我往回走，身上到处都是疼的。我想我的样子一定很吓人，因为迎面过来的人都绕着我走。

我想我这个样子是不能够回家的，我怕吓着我家青青。我就绕道去了大桂的饭馆。

大桂看到我像看到鬼一样，她哇地叫了一声，问我是不是被车撞了。

我一句话也说不出来，因为我一开口，喉咙就被肚子里滚上来的伤心哽住。那时候我绝望透了。

那会儿正是吃晚饭的时间，大桂这家小饭馆里却一个客人也没有，看来她的活计也不成功。大桂给我端来一脸盆水，我把头闷在脸盆里，脸上那些伤被水一浸，就像被蜜蜂蜇了一样。大桂用毛巾替我擦耳朵背后的血，我很想哭出来，但我强忍住了。我一个大男人，怎么好意思在女人面前哭呢？大桂的身上有一股油烟味，这一点和金蔓不同。金蔓的身上总是香的，她天天冲澡，即使给别人家做保姆的时候，她身上都是香的。可是一身油烟味的大桂如今在给我擦血，我就觉得她身上的味道才是香的。

大桂替我擦了血，又用毛巾替我掸身上的土。她用的力气并不大，但是一碰到我，我就咝咝地吸气。我也不知道为什么，见到了大桂，我就变得娇气了，身上的伤就格外地疼了。我现在非常孤苦，大桂这个曾经的同事在我眼里就像亲人一样了。

我把今天发生的事情告诉了大桂。

大桂说："告他们！"

可大桂马上又叹了口气说："算了，告也告不赢，他们会说是你先打的人，他们是在维持秩序。"

在大桂面前，我的血气就恢复了。我狠狠地说："他们欺人太甚，搞急了我会杀人的！"

大桂说："你……你千万别干蠢事。"

我说："他们逼我，我也没有办法！"

大桂说："其实谁也没逼你，怪来怪去，还是怪你家

117

金蔓，她要是肯跟你回家，谁能拦得住？"

　　她这么一说，我的气就泄掉了。我说狠话，是因为怨恨，可是如果怨来怨去还得怨回自家人身上，那我还怨什么呢？金蔓再伤我心，我还是把她当自家人看的。


　　我从大桂的饭馆出来就急匆匆地往家赶。我怕回得迟了，我家青青会没饭吃。

　　走到我家楼下时，我看到两个人抱在一起，在黑漆漆的楼道口亲嘴。

　　我从他们身边走过去，已经上了楼，又突然发现不对头。尽管我眼睛被打伤了，但我还是觉得那个和人亲嘴的女孩是我家青青。

　　这回又是我的眼睛惹的祸。我又看到了不该看到的东西。他们都要求我闭上眼睛，可是我自己的女儿在和人亲嘴，我也可以装作看不到吗？

　　我跑下楼，在那两个人身边像狗一样地转着圈。光线很暗，这两个人又抱得很紧，他们的头翻来覆去的，所以我不好看清楚。直到那个女孩哼了一声，我才确定下来，她真的是我家青青！

我的头皮一下子炸开了。

我大吼了一声："青青!"

他们被吓得不浅，忽地就分开了。

那个男孩像只兔子般地撒腿就跑，我家青青居然也想跟着跑。我一把拽住了她，她拼命地挣，那劲头就同金蔓一模一样。我一天来所有的积怨都升起来，全部跑到了我的一只手上。我用这只手重重地掴在青青的脸上。青青被我这一手的怨气打得一头栽出去，脚跟还没站稳，就被我半提半拖地揪上了楼。

进到家里，我打开灯，一下子就被吓到了。我看到青青的鼻子和嘴角都挂着血。青青也看到了我的脸，她也被吓到了。她一定在想，是什么把我搞成了这副鬼样子？我们父女俩互相看着，都呆若木鸡。许久，青青才哇的一声哭出来。

"爸，你这是怎么了?"青青对着我哭喊。

我回过神，指着她的鼻子骂："你不要管我怎么了，你是怎么了？你还要不要脸!"

青青惊恐万状地看着我哭。我知道，她并不是怕我再打她，她是非常倔的孩子，我以前打她她从来都不哭。她是在心疼我，是我脸上的伤让她害怕了。这么一想，我的心里就不是个滋味。

但我还是硬起心肠，继续骂她："你做这种不要脸的事情，也找个地方去做呀，你也不要让我看到呀，你是存心要气死我吗？"

青青把嘴唇咬起来，她不吭声，只是默默地流眼泪。

我骂着骂着，自己的眼泪也流出来了。

我的眼泪刚刚滚出来，青青就颤着声音说："爸，你别哭，我再不了。"

青青对我说她再不了，是想安慰我，但是，她在这天晚上却从家里跑掉了。

这天晚上我做梦了。我梦到我和金蔓又回到皮革厂上班了，我们穿着胶鞋，在车间的污水中蹚来蹚去，但是我们都很快活，弥漫在空气中的皮子臭味，都是那么温暖和亲切。我们像是在海滩边无忧无虑地戏耍，脚下的污水都溅起一朵朵浪花一样的水珠……

我在半夜醒来，梦里的好情景荡然无存。我除了一身的疼痛，还觉得胸口像被塞进了一把茅草。这种感觉让我害怕，它就像那天我拎着鸡回家一样，心里平白无故地焦躁。我跳到床下，跑到青青的屋子里。她果然不在了。只有她的被子躺在她的小床上。

　　第二天一早我就找到青青的学校。

　　青青的老师姓吕，是个很年轻的小伙子。他问我青青会去什么地方呢？

　　天哪，这本来是我想问他的话。我要知道青青会去什么地方，我就不会跑到学校来问他了。

　　吕老师说："你们是怎么做家长的，一点也不关心孩子，只顾了去赚钱吧？"

　　他很有兴趣地看着我的脸。我想他是故意这么问的。他看到了我的脸，就应该知道我这副样子不像一个能赚钱的人。

　　我的脸肿成了一团，两只眼窝都乌突突的，嘴唇也向外翻着。

　　我说："我是关心我家青青的，所以我才打了她耳光。"

　　吕老师说："你这种方式不对，你这个做家长的，观念太陈旧。"

　　我听他这么说，心就揪在一起。我也很害怕是我的缘

121

故，逼走了我家青青。

吕老师说："遇到那种情况，你不应该马上采取措施，你应该在事后教育青青。她也是个大姑娘了，会懂得要面子，你当着那个男孩的面打她耳光，她当然受不了，换了你你也受不了。"

我说："你是说，我当时应该由着他们亲下去？"

吕老师说："对，这是教育的艺术，做家长的要学习这门艺术。当时那种情形，你看到了，最好也装作没看到，先闭着眼睛过去。尤其在你没有能力解决那种事情的时候。"

我觉得我的头皮麻了一大片。又是一个让我闭上眼睛的。我想难道真的是我错了？我的眼睛真的惹出了这么多祸？要是我真的什么也看不到，我家的日子就太平了？可是以前日子好的时候，我也不是个瞎子啊，非但不是瞎子，而且眼睛里还揉不得沙子，可那时候，日子也没有乱成这样啊。

我在青青的学校一无所获，只搞清楚了那个男孩的名字。

吕老师告诉我："一定是马格宝，除了他不会有别人。徐青青和他好，我早看出苗头了！"

听他这么说，我心里很生气。我想早看出苗头了你不教育他们，你也把眼睛闭上了吗？这就是你的教育艺术吗？但我没有质问他。我只是问他那个马格宝家在哪儿，他却说不知道。

他说："我不知道，你自己找找吧。"

我就自己去找那个马格宝。

我走出校门，看到一个男人开着车送他的女儿来上学。那个女儿大概是因为迟到了，一直在对她的父亲发火。她的父亲脸上堆着笑，身子从车窗爬出来，摸出钱夹给她塞钱。先塞一张一百块的，她还在跺脚，把脚跺得嗵嗵响。她的父亲就又塞一张。她还跺脚，干脆抢过那只钱夹，自己从里面扯出一把来。然后她才满意了，捏着一大把钱进学校了。她和我走了个迎面，看到我的模样就倒吸了一口气，说："噢！卡西莫多！"我不知道她什么意思，但我眼睛看到的这一幕，让我的心里难过起来。我本来对青青有些怨恨的，认为她太不懂事，给我家千疮百孔的日子火上加油，可是我现在看到了其他孩子是怎么过的，就觉得我家青青原来也很可怜。

我觉得对不起自己的女儿。

我自己去找那个马格宝，但是我并不知道马格宝家在哪里。

　　这时候一个和青青差不多大的男孩走过来。他一边走还一边抽着烟，快到学校门口了，才把烟扔掉。

　　我拦住他。我的脸大概把他吓了一跳，他倒退一步，问我："你……你要做啥？"

　　我问他知道不知道马格宝家住哪儿，他狐疑地看着我，想了半天说他不知道。我看出来了，他是知道马格宝家的，但是他不愿意告诉我。我受到了刚才那一幕的启发，也从口袋里摸出几张碎钱。我给了他一张五块的，他接在手里，两眼望天。我咬了咬牙，又给了他一张五块的，他才开口了。

　　他说："马格宝家在庙摊子齿轮厂家属院。"

　　我找到了马格宝家。他家住的是平房。马格宝的父母在自己搭的小厨房里蒸凉皮。他们蒸那么多凉皮，看来是做这个生意的。

　　马格宝的母亲对我不耐烦地说："马格宝？我们也不知道死哪儿去了，已经三四天没回家了。"

我说："他不回家你们也不找他？"

她说："找他做什么？他不在倒好，我们眼不见心不烦！"

我说："可是我女儿现在也跟着他跑了。"

她说："那是你的事。"

我说："你们这样对孩子不负责。"

她说："我们能负了自己的责就不错了，我们的责任就是卖凉皮！"

我说："凉皮能比孩子重要？"

她怒冲冲地说："你不懂就别瞎说！不卖凉皮我们吃什么？你哪里懂得我们下岗工人的难处！"

我本来想告诉她我也是个下岗工人，可是我转过身就走了。我跟她说那些有什么用呢？

我走到大街上了，马格宝的父亲却追出来。

他围着一个蓝色的粗布围裙，手上还戴着一副橡胶手套。他让了一根烟给我，对我说："你找你家女儿，顺便也给我找找马格宝吧，你要是能见到他，就让他回家，你告诉他，就说是我说的，他要是不想上学，就不上了，那样也好，还能把学费省下来，他这样交了学费却不去上学，

125

不是很浪费吗？"

这个做父亲的可真省心，连找儿子都能让人顺便找。

可是我到哪里去找呢？

我在兰城转了一整天也没有见到我家青青的影子。我只是在大街上看到许多和青青差不多大的孩子，他们穿着古怪的衣服，成群结队地闲逛。我这才知道，原来有这么多的孩子都不是待在学校里的。

天黑的时候，我硬起头皮找到了母亲家。我想青青一定是不会跑到她奶奶家的，但我还是得去撞撞运气。

一般我是不去找母亲的，因为我很怕父亲。父亲从小就对我冷冰冰的，我觉得他对我没有父子之情，我在他眼睛里就是一团空气。这种情形在我下岗前还好些，那时候我腰杆还比较直，但下岗后，我整个人都矮下去，就更不愿意见到父亲，见到他，我就忍不住会变得意想不到的驯良，就像他脚下一条不受宠爱的癞皮狗。

父亲坐在沙发里看电视，我进了门，他照例连眼皮都没有抬一下。

我把母亲拉到其他的屋子去说话。

我说："妈，青青来你这儿没有？"

母亲身体很差，患了二十多年的糖尿病，如今眼睛已经差不多算是瞎掉了。所以她看不清我肿成了一团的脸。但是她从我的话里听出了问题，她拽起我的一只手说："你家出事啦？"

母亲一问我，我的眼泪哗地就流出来了。这几天我好不伤心，但是没有一个人能分担我的伤心，如今我见到了母亲，被她一问，就把所有的委屈问了出来。我埋着头，哭得连鼻涕都流在了嘴上。我一边用手揩眼泪，一边向母亲诉我的苦。母亲也哭起来，但她却用手替我揩眼泪。母亲的手又冰又滑，像一块肥皂，不像我的，像一把锉刀。

母亲说："你干什么要去掀那张床板呢？你都不知道那下面藏着什么，你就去掀它！"

我说："我知道它下面藏着什么，老天告诉我了，我心里当时像乱麻一样，根本由不得我。"

母亲说："你不知道！"

母亲告诉我："你家床板下面藏的并不是个男人，是你的日子，你的日子不揭开还好，揭开了就烂掉了，就像一道疤，你把它上面的痂揭开了，脓血就都流出来了。你不揭开它，你就看不到，可你为什么非要去看它呢。"

我觉得自己一下子软了。我说："你是说我最好把眼睛闭起来吗？根本就不要看我日子里的脓血，看到了也要装作看不到吗？"

　　母亲说："对，就是要把眼睛闭起来才好。"

　　我赌气说："现在说这些还有什么用？金蔓跑了，连青青也跑了，我现在不如死了算了。"

　　我这是在说任性的话。想一想我真是丢人，我都四十多岁的人了，还在母亲面前故意说出任性的话。我是太需要得到一些安慰了，现在能给我安慰的，只有母亲。

　　母亲嘶着嗓子骂我："你放屁的话，我还活着，你有脸去死吗？"

　　我却人来疯似的耍起来。我说："我这就去杀了那姓黄的，然后再自己去死！"

　　说罢我转身就冲了出去。

　　那会儿我的身体里也真的是萌生了杀机。我本来是在跟母亲无理取闹，但是闹着闹着，我就真的想杀人了，想死了。母亲惊慌失措地在身后追我，我们像一阵风似的从父亲面前跑过去。父亲却纹丝不动，真的像只是一阵风从他眼前吹了过去。

母亲把我追到了楼下，她在身后一声长一声短地喊着我的小名，她的脚步声在我身后响得乱七八糟。我担心她会一头从楼梯上滚下来，只好放慢了自己的步子。其实我知道，母亲要是不追我，我反而没这么蛮了。

　　所以当母亲一屁股坐在街边哭号起来时，我就回过头去扶她了。

　　母亲哭得地动山摇。她一边哭，一边用手拍屁股两侧的马路，把马路上的土都拍了起来。那些土把母亲包裹住，让母亲看起来像一个腾云驾雾的神仙一样。

　　我说："妈你别哭了，我不杀人，也不死了。"

　　母亲伤心欲绝地呜呜大哭，她说："你蹲下，我告诉你一件事情。"

　　我就蹲在母亲面前。

　　母亲断断续续地对我说出了一个秘密。

　　母亲说："你怎么这么沉不住气？你为什么不能跟你爸学学？人穷就要志短，就要能吞得下事情。你知道不，你不是你爸的儿子，你爸早都知道，可是他一辈子从来没有问过我，他把眼睛闭住了，这一辈子我们才太太平平地过到现在……"

我也一屁股坐在地上了。

我终于明白父亲为什么总对我冷冰冰的了。他可真沉得住气啊！

我想父亲也是一名普通工人，罪也是受了一辈子，但他好像从来没被日子搞得灰头土脸过，他纹丝不动，那是因为他懂得在日子面前闭上他的眼睛啊。而这个道理我却不懂，我气急败坏，所以现在我鼻青脸肿。

我浑身软塌塌的，连自己的头都支不起来了。我感觉很累，一点激动的力气也没有了。我只想睡觉，把眼睛闭住，哪怕就让我躺在马路边。


第二天我和母亲分头去找。我继续去找我家青青，而母亲，亲自去布料市场找我家金蔓。

母亲后来告诉我，金蔓看到她后显得坐立不安的。

她不知道该拿这个老太婆怎么办。

她声音小小地说："妈，你干什么来这儿？"

母亲从她的一声"妈"里听出了希望。母亲想起码她还叫我"妈"，这样就好办一些了。

母亲说："金蔓你回去吧，妈给你保证，你回去了什么事也不会有，你还是从前的你。"

金蔓头埋下去，吸了口气说："不可能的，连你都知道了，怎么会还和从前一样。"

她说她不能相信一切还会像从前一样。这一点，我恐怕也是不能相信的。

母亲说："本来我也想让你过些日子再回去，可是现在你家青青也跑了，你的那个家不能没有你。"

金蔓一听就叫起来："青青跑哪儿了？"

她一叫，母亲就又听出些希望。母亲说："不知道，青青他爸正满世界找呢。"

金蔓突然又发起火，她恨恨地说："他找不回青青我会向他要女儿的！"

然后金蔓就对母亲不怎么客气了。她说："你走吧，我还要做生意。"

母亲也不和她纠缠，也走到那只花盆边坐下了。

母亲坐在那里，比我坐在那里具有威力得多。

母亲有严重的糖尿病，这点金蔓也是知道的。母亲随身带着她的注射笔，她坐在那个花盆上，把衣服撩起来，在自己肚皮上注射胰岛素。

母亲自己带了一只水杯，还带了半个馒头。中午的时候她坐在那个花盆上，一口一口地就着白水啃馒头，啃完了依旧坐在那里不动。

后来那个黄老板来了。他也注意到这个一直坐在他视线里的老太婆。母亲猜出了他是谁，但母亲并不对他横眉立眼。母亲反而在他看过来的时候，冲着他笑。

这些都被金蔓看在眼里，所以她在摊位上就坐不住了。

金蔓走到母亲身边说："妈，你先回去，我过些日子就回去……"

我在那一天也找到了我家青青。

我等在学校门前，又挡住了那个抽烟的男孩。这一次我下了狠心，一次就扯出了五十块钱给他。我让他带着我去找马格宝，我想他一定知道马格宝在哪儿。这个男孩一把抢了我的钱说："跟我走！"我寸步不离地跟着他，就像跟着我的五十块钱。我跟在他屁股后面走了一段，他在路边停下，摸出钱来买了一包红河烟。这种烟要五块钱一包的，我心疼起来，认为他是在用我的钱挥霍。

我说："你不要乱花钱！"

他说："我花我的钱要你管？"

我就没话可说了。

没想到他买了烟却不肯走了。他把书包垫在屁股下面，坐在了马路边。

我说："咦？你干什么不走了？"

他说："现在还早，他们哪会这么早起来？他们现在一定还睡在被窝里。"

这句话听得我心如刀绞。我好像已经看到了，我家青青和那个马格宝睡在一起！可她只有十五岁啊！以后怎么办呢？我连想都不敢想了。

我说："马格宝不在家，他们能睡在哪儿？"

他说："哪儿不能睡啊？网吧，浴室，哪儿不能睡？"

我说："那你还不快带我去找！"

我实在是急了，好像早一点找到我家青青，她就会少和人睡一点。

他看一眼我，摇着头说："你这人怎么这么性急？你愿意看到他们光溜溜的样子？"

他嘿嘿一笑说："其实我知道，你是徐青青的爸爸。"

我觉得这个孩子太老练了，一下子就说到了我的痛处。我一句话也说不出，只瞪着他看。他递给我一根烟，让我也坐下来。我只好在他旁边坐下和他一起抽烟。我没想到我抽了一辈子的烟，却被这口烟呛得咳嗽起来。而那个男孩却抽得悠然自得。

他抽完一根烟后，向我建议："最好的办法是，你坐在这儿等我，我去把他们给你找来。"

我担心他是在对我耍滑头，我更担心我的五十块钱打了水漂。他马上就看出我的心思了。他说你是不是信不过我？说着就摸出我给他的钱，连同那包打开的红河烟一同塞还给我。我左右为难，不知道该不该相信他。

他又看出我的为难了，笑嘻嘻地站起来说："我把我的书包押在你这里，这样你总放心了吧？"说完他就转身走了。

我坐在马路边等，太阳很好地照着我，可是我却一阵阵发冷。我知道，那是我的心冷。我等了很长的时间，长到后来我都忘记自己是在等了。我只是茫然地坐在马路边，不知道自己还有什么希望，还有什么期待。

所以我家青青站在我面前时，我一下子想不出自己要做什么。

两天没见，青青就变成了另外一个人。她烫了头发，满头的头发像被火燎过一样，又干又毛，这个发型让她的头比以前大了好几倍，而且我看着她的头，总觉得有股烟从她的头发里冒出来。她身上穿的衣服也变了，她穿着一件小背心。这件背心很紧，勒在青青身子上，让她的胸部显得格外地大。这件背心还很短，把青青的肚皮露出一截。我吃惊地看到，我女儿的肚脐眼上竟然穿着一只铁环。这些都让我不敢认她了。我想她真的是我家青青吗？

　　她当然是我家青青。

　　她叫了我一声"爸"，说："你别找我了，过些日子我会回家看你。"

　　我这才清醒过来，我想对她说些什么，但是我张张嘴，眼泪首先流了下来。

　　她说："你别哭，你哭什么哭，你在大马路上一哭我就也得跟着哭了，我这不是挺好的吗？你不要为我担心。"

　　我指着她说："你这副样子叫挺好的吗？我都要认不出你了。你只有待在家里，只有待在学校里，那样才能叫好。"

　　她说："我不去上学了。你想开些，我就算待在学校，也是学不好功课的，还不如不上，那样还可以替你省下学费，你交了学费，我又学不好，不是浪费吗？"

我听这话有些耳熟。我想起来了，这不是那个马格宝的父亲对我说的话吗？他让我把这话带给他儿子，可是现在我女儿又说给了我。我想难道真的是我糊涂了吗？好像所有人都懂的道理，却只有我一个人不懂。

我说："可是你不上学，你做什么呢？"

她说："我准备去打工，我已经找到工作了。"

她说到找工作，我就不能不为她担心。因为下岗后我自己就找过无数次工作，可是那都是些什么工作呀？！我是知道的，这个世界能给我们的，都不会是什么好差事。

我说："青青你还是和我回家吧，你在外面是要吃苦的。"

她说："爸，我在家也没有享福呀。"

我哑口无言。她这句话说得我心头一颤。

她又说："就算吃苦，那也让我吃一吃吧，吃不消了，我自然就回家了。"

我真的觉得青青是变了。她已经不是我心里的那个女儿了。她像个成熟的女人一样，而我在她面前，反而像个什么也不懂的孩子了。我觉得她对世道要比我了解得清楚，说出的每句话，都像是在教育我一样。

我傻在那里，感觉自己对什么都无能为力。我不能像其他的父亲一样，扯出一张又一张的大钱给自己的女儿，一直扯到她肯欢天喜地地去读书，反过来，我女儿却可以用给我省学费来作理由不去读书。这个世界我既不理解了，也毫无办法了。我想，是不是我真的该闭上眼睛了，什么也不看，看到也要装作看不到。

我还在发愣，我家青青却走了。她什么时候走的，我都不知道。这一回我真的是没有看到，要是我看到了，我该多伤心难过啊！我都不敢想：我眼睁睁地看着青青从我眼前走开，去吃一吃苦……

那个抽烟的男孩回到我身边，他是来要他书包的。

他说："大叔，你也别难过了，我看他们挺好的，我找着他们的时候，他们还在网吧打游戏呢，快活得很。"

我当然希望他们快活。青青说她吃不消苦了就会回家，可我也是不愿意她去吃那个苦啊。

那个男孩刚走，又跑来一个男孩。

这个男孩长得白白净净的，头发又软又黄。他跑到我面前，郑重其事地说："叔，你放心，我会照顾好青青的。"

说完他撒腿就跑了。

我想这一定就是那个马格宝了。他一本正经地让我放心，你说他是不是有毛病。


一切都由不得我，我能做了主的，只有自己了。

我重新回到"综治办"上班。

让我大吃一惊的是，那天我一去菜市场，就看到了以前的那群贼。他们蹲在一起，看到我还对我笑。我转身就往回走，我想去多喊些帮手来。这一次我有经验了，知道凭自己一个人，是要吃大亏的。

"综治办"里有好几个队员在，没想到我把情况一说，他们却没有一个人愿意和我去。我还以为他们会摩拳擦掌地跟我去捉贼呢，没想到他们也只是看着我笑。我想他们笑什么呢？这有什么好笑的？

我们的队长郭开把我拉到一旁说："老徐，以后你就由着他们去吧，他们愿意给咱们上贡，这里面也有你的份。"

我想了半天才明白他的意思，明白后我觉得太不可思议。他怎么能说出这种话呢？政府发给我们警棍，发给我们五百块钱，我们怎么能做这样的事情呢？而且，这种话即使别人可以说，他郭开也不可以说啊。他不但是我们的队长，而且他还是郭婆的儿子，难道他忘了自己的母亲是被那群贼用刀子捅过屁股的吗？

我说："郭开，你妈可是被他们捅过屁股的呀。"

郭开说："捅都捅过了，还提它作什么？又不是眼前的事。"

我说："可是你要我由着他们在我眼前继续捅别人屁股呀！"

郭开眼睛翻了翻说："也是啊，你要天天对着他们看，是不太好办。"

我说："当然不好办，我又不是个瞎子！"

郭开想都没想就告诉我："那你干脆把自己当个瞎子好了！你就当没看到他们，他们在你眼前转，你就给我把眼睛闭起来！"

又是一个要我把眼睛闭起来的！这些天几乎人人都这么对我说。

我的心就动了。

我想，也许我按照他们说的那样去做，日子就会是另外的日子了？我的眼睛看来看去的，看到的没有一样是让我好受的事情，为什么我还要睁着它呢？

郭开甩给我两百块钱，他说："这就是你的那一份，你看着办吧，不要也可以。"

我思前想后，最后心一铁，还是把这两百块钱装在了口袋里。

就是从这个时候起，我的身体开始了变化。我的脖子好像变软了，头好像变重了，我总是勾着头，眼睛里大部分时间看到的是自己的脚。我的眼皮也耷拉下去了，看什么都看不全，只看到很少的一部分。

所以回到菜市场后，那群贼在我眼里就只是十几条腿了。他们的腿在我眼皮下晃来晃去，我却看不到他们的手在做什么。

我的眼睛里尽是这个世界的下半截，我看到的是人脚、车轮、树根，这样一整天下来，我的头就感觉很晕。因为整个世界在我眼睛里都变得飞快了。你完整地去看一个人，即使他是在跑，你也不会觉得有多快，可是你只看一个人的脚时，即使他在走，你也会觉得他是在飞。菜市场里有那么多脚在走，我当然是感到眼花缭乱了。

我最愿意看到的是几条狗，它们在我眼睛里跑来跑去，还是从前那种比较正常的样子。所以当我头晕的时候，我就去看看那几条狗。

我就这样勾着头在菜市场巡逻。

一连几天我和那群贼都相安无事。但是我的心却不得安宁。

那两百块钱一直放在我的口袋里。那天我勾着头巡逻，突然想起了一件事。我就走到了那个卖鸡的摊子前，摸出了其中的一百块。

我说："我买过你一只鸡，现在把钱付给你。"

那个卖鸡的人一愣，不冷不热地回了我一句。

他说："你现在有钱了啊。"

我也一愣，我说："我现在也没有钱啊。"

他说："没有钱？你怎么会没有钱呢？你现在应该很有钱嘛。"

我本来是勾着头的，但是他的话说得我莫名其妙，我因此就抬头看他了。

我一看到他的脸，就明白他的意思了。他脸上的那种表情再明白不过了，他像是看到了一堆狗屎那样地看着我。他这样看我当然有他的道理。我知道，现在这个菜市场里除了那群贼和那几条狗，谁看我都会是这样的一副表情。

明白过来后，我的头就勾得更低了。我扔下那一百块钱就走。走出一截后，我才想起来他并没有找钱给我，他是应该找钱给我的。我都已经转头回去了，却又收住了自己的脚。我没脸再去让他给我找钱。我只有把那一百块钱都给他了。这在以前是绝对不可能的事。以前一百块钱对我绝对是个大数目，我轻易都不会去把一张一百块的大钱破开，因为一百块钱一破开，很快就会像水一样地从手里流走，随便买买什么，就没有了。可是那天我只有咬着牙把一整张一百块钱给了那个卖鸡的。我想我是买了一只天底下最贵的鸡。

这时候我看到眼前的腿都跑了起来，还有一个女人在声嘶力竭地哭，我的耳朵让我知道了，她的钱被夹走了，她哭喊着说那是她家一个月的饭钱。她哭得那个惨啊，听得我心惊肉跳。最后她看到了我，就干脆跑到我跟前哭起来。她这么做当然也是有她的道理，因为我戴着袖标，拎着警棍。但我觉得她是把我当成一个贼了。我当然不敢看她，我只盯着她的脚。她大声地哭，大声地说。

她说："你知道吗，这些钱会要了我的命的，你们可能不觉得有啥了不起，但是这真的会要了我的命的！"

我相信她的话，她哭得这么凶，一定不会是装出来的。

可是我依然需要装作看不到。我不看她的脸，但还是看到了她的眼泪。她的脚尖突然跌上去一大颗水珠，我看到了，知道那是她的眼泪。

我的心受不了了。

晚上我又去小饭馆找大桂。我想听听她怎么讲，她要是说我这样做不对，我就再不这样做了。

大桂的小饭馆里依然冷冷清清的，没有一个客人。她听了我的话，半天没有吭声。

我说："大桂我这样做是不是丧良心啊？"

大桂叹了口气说："你要我怎么说呢？你不做这个瞎子，别人也会做的。"

我说："别人是别人，我这样做心里过不去。"

大桂说："那你除非不在'综治办'做了。"

她这么一说，我就不知道说什么好了。"综治办"是我目前找到的最好的活计了，不在"综治办"做，我再去做什么呢？我到哪里才能挣来五百块钱的工资呢？

大桂看我心里矛盾，就拿了瓶酒陪我喝。

她说："喝酒吧，还是喝点酒吧。"

她说："一个人不是只有眼睛看不到才算个真瞎子，他应该心里也是瞎的，那样才是个真瞎子。我们心里的眼睛还睁着，所以就还要伤心。"

我觉得她说的有道理。可是怎么才能让心也瞎掉呢？

大桂陪着我喝酒，但她比我还喝得凶。我看出来了，她的心里也不好过。至于她为什么也不好过，我是问都不用去问的。那还用问吗？她的好日子也和我的一样过去了，她也不是当年的工会主席了，她的活计也不成功，她的心也没有瞎……

我们喝完了一瓶白酒，第二瓶也喝下去一多半。

我的头昏昏沉沉的。

大桂也好不到哪里去。她坐在我身边，身子一歪就向下滑去。我用手拽她都拽不住。她坐到了桌子下面。我去扶她，用胳膊揽在她腰上，把她往起抱。她突然仰起脸，哼了一声就亲在我嘴上。我也很激动，也去亲她，一边亲，一边就把手伸在她的怀里摸个不停。我们俩都滚在地上，大桂也把手伸在我的裤子里摸我，她的手也和我的一样，像锉刀。

这个时候我偶然抬了下头，一抬头，我的脑子就清醒了。

我的眼睛又看到了一样东西。那是大桂这家小饭馆的营业执照。它上面法人代表的那一栏，又黑又粗地写着一个人的名字。这个人不是大桂，是他男人。

大桂的男人也是我们的工友，以前是个非常结实的人，后来有一次游泳，一头跳下水池却崴断了脖子，从此就成了一个瘫痪在床上的残废。他成为残废，唯一的用处就是用自己的名字申请了这张可以减税的营业执照。

我看到了他的名字，身体里的血就安稳下去了。

其实我是愿意和大桂搞在一起的，非常愿意。我那时候真的需要一个女人，我想大桂也是需要的，她也那么苦。可我不是个瞎子，我的眼睛不瞎，我的心也不瞎。我想大桂当然也不瞎，要是那天我们俩搞了，她酒醒后会后悔的。

我晕头晕脑地从大桂的小饭馆走出来。

一走到街上，我就吐起来。我吐得那个凶啊，简直是把肠子都吐出来了。吐过之后我好受多了，我把脖子仰起来大口大口地喘气。

我看见了天上的星星，它们那么多，那么亮，有的还一闪一闪，就好像是满天的眼睛一样。它们在看着我呢，看着这世上的一切。它们能看到人里面谁在享福，谁在受罪。我想，和它们比，人的眼睛算什么呢？即使这世上的人都是瞎子，都不去看，也都被这些天上的眼睛盯着。它们在天上向下看，世上的一切大概都和我眼里的那几条狗一样吧？

　　我喝了太多的酒，睡得就很死。

　　我在梦里被响亮的拍门声吵醒。我爬起来一看，竟然已经快到中午了。

　　拍门的是郭开，他看到我就大叫道："你还在睡觉呀，你家青青出大事啦！"

　　郭开说他去公安局汇报工作，一进公安局的大门，就看到我家青青被戴着手铐押进了一间屋子。他向人打听了一下，听说是我家青青杀人了。

　　其实杀人的并不是我家青青，是那个马格宝，我是后来知道的。

　　我家青青本来要和那个马格宝去南方打工，他们都买好了火车票，但是青青说她还要做一件事，她只有把这件事做了，她才能没有遗憾地离开兰城。

青青和马格宝来到了布料市场。那个黄老板恰好在，他站在自己的摊位前和别人聊天。

马格宝看到了我家金蔓，当时他俩也站在那个花盆边。

马格宝说："那个卖布的女人好像是你妈呀。"

青青说："不错，就是我妈。"

马格宝说："你是要跟你妈说一声你要走吗？"

青青说："不错，我是要和她说一声。"

然后青青指着黄老板说："那个男人你看到了吗？"

马格宝说："看到了。"

青青眼睛眨都不眨地说："你去放倒他！"

马格宝愣了一下，随后他二话没说就走了过去。他走到了金蔓的布摊前，还向金蔓害羞地笑了一下，然后他就摸起了那把大剪刀。那把大剪刀就放在一匹展开的布料上，马格宝摸起它，想都不想，转身捅在了黄老板的腰上。马格宝的力气不足，而且那把剪刀合在一起就没有锋利的刀刃，所以他这一下捅得并不成功。这不成功的一捅，激怒了马格宝，他把剪刀拔出来，手一甩，剪刀就张开了嘴，他只握了剪刀的一只把子，再次捅了过去。这一次，这把剪刀就变成了一把匕首，马格宝没觉得使了太大的劲，它就全部捅进了黄老板的身体。


　　我脸都没有顾上洗就和郭开跑去了公安局。

　　我们敲开一间办公室的门，去找郭开熟悉的一个公安打听情况。

　　那个公安姓范，他一弄清我的身份，脸就立刻变了。

　　他说："你来得正好，我们正要找你。"

　　然后他声音很硬地赶郭开："你先走你先走，把他留下。"

　　郭开很吃惊，搞不懂自己的熟人干什么会突然翻脸不认他了。我也很吃惊，感到事情有些不妙。

　　郭开被赶出去后，范公安就开始向我问话。他那不是随便的问话，他拿出了纸和笔，一边问，一边做着记录。他先问我姓名、性别、年龄、身份。我被这阵势吓住了，我想完蛋了完蛋了，我家青青真是杀人了。我却搞不懂公安干什么这样审我。

　　但是他问着问着我就明白了。原来公安怀疑是我怂恿了那两个孩子去杀人。

他这样怀疑好像也很有道理。

他说："你老婆和那个受害人跑了是吧?"

我想了想,才把他说的"受害人"同黄老板联系起来。我还是不太习惯黄老板的这个新身份。我想他怎么会是受害人呢? 我觉得我才是受害人。

我说："嗯。"

他说："你跑去过布料市场是吧?"

我说："嗯。"

他说："你在布料市场和受害人发生了冲突,你们打架了是吧?"

我说："我们不是打架,是他们打我。"

他说："那么你被打了以后,是怎么想的?"

我说："我很生气,觉得不公平,觉得他们欺负人。"

他话锋一转,突然问我:"徐青青是你什么人?"

他这样一问,我就算再傻,也猜出他的意思了。他当然知道徐青青是我什么人,不然他也不会这么审我。我是这样想的:要是这杀人的责任归到我的头上,我家青青是不是就可以被他们放掉?

所以我试探道:"小孩子不懂事,他们即使做了坏事,也是我们做父母的责任。"

范公安停下笔抬头看我。他说："你还是很懂道理的呀。"

他继续问了我一些问题，意思越来越明显。

他说："说吧，是不是你指使他们做的？"

这个问题很关键，我虽然很愿意把我家青青救出去，但对于这个问题我也不敢轻易回答出来。

我一边用手揩眼角的眼屎，一边说："你让我想一想。"

他说："可以，你可以想一想。"

说完他就站起来向门外走。他出门的时候我叫住了他。

我说："那个受害人死了吗？"

他回头看了我一阵。我觉得他看我看得太久了，他的那种目光让我恐惧。

我听他说："这个现在不能告诉你。你好好考虑自己的问题，等下我回来，你就要如实回答我。"

然后他就走了。我听到他用钥匙在外面把门反锁住了。这时候我才发现，我出汗了。我的脊梁骨上好像流淌着一条小溪，它歪歪斜斜地流过我的后背，冷飕飕的。

我一个人待在这间屋子里。我向外望，看到这间屋子的窗户上都是焊着铁条的。

我闭上自己的眼睛。一闭上眼睛，我脑子里看到的就是我家青青。我看到了她小时候的模样，看到她小时候的模样，我就也看到了金蔓。她们母女俩开心地对我笑着，那时候的人穿得都很土，但显得都很美……

我突然听到了一个女人的哭声。她刚一哭，我就听出来是金蔓了。

我趴在窗户上向外望，看到果然是金蔓。

金蔓站在公安局的大院子里，放声大哭。

她一边哭一边叫："你们放了我家青青吧，要抓你们把我抓起来吧，你们杀了我的头吧，是我作的孽呀……"

有几个公安过去赶她走。她当然不肯走，和人家撕扯起来。

她坐在了地上。人家扯着她的两条胳膊她也不肯起来。她就那么死命地沉着身子，被拖得在地上蹎来蹎去。她的衣服都被拖得卷了起来，明晃晃地露出一圈雪白的肉。她的头发也披散了，乱糟糟地盖在脸上。我才知道，金蔓的蛮力会有这么大。她横下心了，几条大汉都是收拾不住的。她被他们拖出一截又挣回来，拖出一截又挣回来。她身上的衣服都是土，她露出的肉很快也都是土了。后来她抓住了一辆警车车头前的保险杠，整个身子就都趴在了地上，被人三扯四扯，干脆就钻在了车轮下面。

她哭着，叫着，奋不顾身地要用自己把青青换出去。

公安们终于忍无可忍了。他们用了捉拿坏人的手法把她的胳膊扭转过去，她的劲就使不出了，被人从车下拽出来，一路拖着扔出了公安局的大门。

我看到被拖在地上的金蔓突然不哭不闹了。她居然笑起来。她笑得那个开心啊，欢天喜地的，咯咯咯的声音像一连串的银铃声。

我的头嗡地一下就大了。我想我家金蔓是疯掉了。

我的眼泪哗地流出来。

我觉得我和金蔓又是一家人了。我们都愿意用自己去救青青，我们都在受罪，我们又成了亲人。

所以范公安回来后再次问我："说吧，是不是你指使他们做的？"

我就说："嗯，是的。"

我作出这个回答后，心里一下子就敞亮了。我觉得我的家又成为以前的那个家，我们一家人心贴着心，肉贴着肉。我们贴着心贴着肉，就不觉得孤苦了，就可以把日子

扛下去了。

晚上的时候我被转移到了另外一间屋子。

这是一间专门用来关押坏人的屋子，外面挂着"滞留室"三个字。它没有门，有的只是一排胳膊粗细的铁栅栏。我被关在了里面。郭开来看我了，他好心地买了几个包子给我吃。他还想和我说说话，但是又被人像赶苍蝇一样地赶走了。我慢慢地把那几个包子都吃了。我的心里并不觉得难过，反而感觉到踏实。我只是在听到隐隐约约的哭笑声时，心里才一阵阵地揪紧。那声音是从墙外的大街上传来的，我知道那是我家金蔓在开怀地哭和笑。

那时候天已经完全黑了。我趴在铁栅栏里，脸紧紧地贴在铁条上。我闭上自己的眼睛，想象着我家金蔓现在的样子。

当我张开眼睛时，就看到了满天的星星。

它们依然那么多，那么亮。它们在天上眨着眼睛，看着下面的世界。它们当然看到了谁在享福，谁在受罪。当我闭上眼睛的时候，它们依然会凝望着我，它们像凝望着一条微不足道的狗一样地凝望着我。我觉得我的一切都被这些天上的眼睛看着，我就有了寄托，就不再是孤苦无告的了。